Robert Elmer

ABSTURZ IN DER NACHT

Robert Elmer

Absturz in der Nacht

Die Andersen-Zwillinge – Band 2

FRANCKE
Verlag der Francke-Buchhandlung GmbH

Über den Autor:
Robert Elmer lebt in der Nähe von Seattle im amerikanischen Bundesstaat Washington. Er ist verheiratet und hat drei Kinder. In der Serie „Die Andersen-Zwillinge“ verarbeitet er Erlebnisse seiner Eltern und von Freunden, die während der schweren Jahre der Besatzung in Dänemark lebten.

Bibliografische Information Der Deutschen Bibliothek
Die Deutsche Bibliothek verzeichnet diese Publikation in der Deutschen Nationalbibliografie; detaillierte bibliografische Daten sind im Internet über http://dnb.ddb.de abrufbar.

ISBN 978-3-86122-898-1

Originaltitel: Beyond the River
Published by Bethany House Publishers, Minneapolis, USA

Deutsch von Janet Reinhardt
Umschlaggestaltung: Henri Oetjen, DesignStudio Lemgo
Satz: Verlag der Francke-Buchhandlung GmbH
Druck: Koninklijke Wöhrmann, Niederlande

www.francke-buch.de

Inhaltsverzeichnis

1. Helle Nacht

Freitag, 7. Juli 1944

„Hast du dir einen Bauernhof, auf dem Schafe gezüchtet werden, so vorgestellt?“, fragte Elise ihren elfjährigen Zwillingsbruder Peter, als sie aus dem kleinen Bus stiegen. Sie drehte sich mit ausgestreckten Armen im Kreis und schaute sich dabei die Landschaft an, in der sie nun den Rest ihrer Sommerferien verbringen sollten. Sie befanden sich an der Westküste Dänemarks, in dem Teil des Landes, in dem ihre Mutter aufgewachsen war.

Die Zwillinge stellten ihre Taschen ab und winkten dem Fahrer nach, der langsam die Landstraße entlang weiterfuhr. Hier war das Land nicht flach wie der Rest von Dänemark, hier erstreckten sich sanfte Hügel bis hinunter ans Meer. Die kleinen Erhebungen und auch die zwischen ihnen liegenden Täler waren mit purpurnem Heidekraut bewachsen, das sie wie ein Teppich bedeckte. Dazwischen befanden sich kleine Kiefer- und Birkenwäldchen und umzäunte Wiesen, auf denen Schafe grasten. In der Luft über ihnen hob und senkte sich eine kleine Armada von Schwalben, die nach Mücken schnappten.

Peter und Elise gingen auf einen Drahtzaun zu, der am Straßenrand verlief und versuchten die zottigen weißen Schafe auf sich aufmerksam zu machen. Die jedoch schauten kaum vom Grasen hoch.

„Ja, genau so habe ich es mir vorgestellt", antwortete Peter schließlich. „Wie im Bilderbuch. Das werden tolle Ferien."

Elise stützte sich mit den Ellbogen auf einen Zaunpfahl und blickte über die Felder. Wie ihr Bruder hatte sie goldblondes Haar (ihres wuchs ihr allerdings bis auf die Schulter) und die blauen Augen ihres Vaters. Aber sie war ein ganzes Stück größer als Peter. Er hatte es schon lange aufgegeben, sich beim Messen auf die Zehenspitzen zu stellen.

„Hallo!", ertönte es plötzlich hinter ihnen.

Peter erkannte sofort die Stimme seines Onkels. Harald Ringsted war der Mann von der Schwester seiner Mutter. Sie hatten ihn nur einmal gesehen – vor dem Krieg. Aber daran konnte sich Peter kaum noch erinnern. Was ihm aber in Erinnerung geblieben war, war die Stimme. Sie war tief, volltönend und freundlich.

Peter und Elise drehten sich um und erblickten ihren Onkel, der die lange Auffahrt zum Hof auf sie zukam.

„Hallo, Onkel Harald", sagte Elise scheu.

„Sieht so aus, als ob alles gut geklappt hat." Onkel Harald sah die beiden lächelnd an. „Allerdings hatte der Bus wohl ein wenig Verspätung, oder?"

Er sah wirklich wie ein Schafzüchter aus: Große Hände, breite Schultern, rotblonde Haare, muskulös. Gekleidet war er in einen dunkelblauen Overall. Und er hatte ein Lächeln, das scheinbar über sein ganzes Gesicht ging. Er nahm ihre Taschen mit einer Hand, als ob sie Spielzeug wären, und schritt ihnen voraus zum Haus.

„Kurt und Marianne haben sich auf euren Besuch schon gefreut", sagte er über die Schulter. „Wir freuen uns alle. Ich denke, ihr werdet großartige Ferien hier bei uns verbringen."

Für Peter und Elise war vor zwei Wochen in ihrer Heimatstadt Helsingør das Schuljahr zu Ende gegangen. Nun hatten sie noch vier Wochen Ferien zu genießen, bevor im August die Schule wieder losging. Ihre Eltern hatten sie in den Zug gesetzt und gesagt: „Genießt einfach den Sommer. Denkt nicht an den Krieg." Peter hatte beschlossen, genau das zu tun.

Sie näherten sich dem Haus der Ringsteds. Peter sah, dass es eigentlich vielen anderen Bauernhäusern in Dänemark glich:

Es war in Hufeisenform um einen kiesbestreuten Hof herumgebaut. Die Schlafzimmer befanden sich in diesen Häusern meist auf einer Seite des Hufeisens, die Küche und das Wohnzimmer in dem Verbindungsteil und die Ställe auf der anderen Seite. Peter sah ein paar kleinere Gebäude, die das Haupthaus umgaben. Das Hauptgebäude selbst hatte weiß getünchte Fachwerkwände und ein Reetdach. Peter konnte Kinderstimmen durch das offene Küchenfenster hören.

„Sie sind da!", rief ein Junge. Das war bestimmt ihr Vetter Kurt. Er war ein Jahr jünger als sie.

„Natürlich sind sie hier", ertönte eine andere Stimme, die eines Mädchens. Sicher Marianne, ihre Cousine. Sie war ein Jahr älter als die Zwillinge. „Du musst deswegen nicht so schreien."

Schließlich betraten Peter und Elise durch eine schwere Holztür die Landhausküche. Schnell waren sie von Kurt, Marianne, Onkel Harald und Tante Hanne umringt.

Sie wurden sofort mit Fragen überschüttet: „Wie war die Bahnfahrt?"

„Hat sie lange gedauert?"

„War die Überfahrt mit der Fähre angenehm?" „War das Meer stürmisch?"

„Habt ihr deutsche Soldaten gesehen?" – „Hattet ihr Angst?"

„Hat jemand euch angesprochen?"

Peter und Elise gaben höflich Antwort. Dennoch überkam sie die Müdigkeit, und es gelang ihnen nicht mehr, ihr Gähnen zu unterdrücken. Es war aber auch ein langer Tag gewesen.

„Du liebe Güte", sagte Tante Hanne und legte den Arm um Nichte und Neffen. „Wir waren so gespannt auf euch, dass wir ganz vergessen haben, wie spät es ist! Habt ihr denn Hunger?" Peter und Elise sahen sich an. *Was für eine Frage!* Ihre Mutter hatte ihnen belegte Brote und gekochte Eier eingepackt, aber die hatten sie schon vor Stunden aufgegessen. Peter nahm den Geruch von Bratwürsten und Rotkohl wahr, und sein Bauch begann zu knurren.

„Ihr braucht nicht zu antworten", sagte die Tante. „Ich weiß, wie hungrige Elfjährige aussehen. Setzt euch! Gleich gibt es was zu essen."

„Ja, wir warten auch schon ..." begann Kurt, doch der scharfe Blick seiner Mutter unterbrach ihn.

Tante Hanne war im Gegensatz zu ihrem großen Mann sehr zierlich. Sie wirkte klein und schmächtig, fast vogelartig – aber dennoch hübsch.

Kurt ähnelte seinem Vater. Obwohl er ein Jahr jünger war als Peter und Elise und zwei Jahre jünger als seine eigene Schwester, war er doch größer als sie alle. Peter dachte bei sich, dass er eigentlich recht ungelenk aussah. Er hatte ein von Sommersprossen übersätes Gesicht und Haare, die ihm in alle Richtungen vom Kopf abstanden. Und wenn er lachte, wackelten seine Ohren.

„Äh ... ja ...“ stotterte er nun. „Ich wollte sagen, wir warten schon seit Monaten darauf, dass ihr kommt.“

„Das ist richtig, Kurt“, stimmte ihm Onkel Harald zu und setzte sich an den Esstisch. „Als wir Peter und Elise zuletzt gesehen haben, waren sie ja praktisch noch Babys ...“

Peter nickte und wollte gerade anfangen, seine Wurst zu essen, da trat ihn Elise unterm Tisch gegen das Bein. Er schaute überrascht hoch.

Onkel Harald räusperte sich. „Marianne, würdest du mit uns beten?“

Peter blickte seine Schwester von der Seite her an, aber sie hatte bereits wie alle anderen den Kopf geneigt.

„Lieber Gott“, begann Marianne, „danke für diesen schönen Tag und dafür, dass unsere Verwandten so unbeschadet hier angekommen sind. Danke auch für das gute Essen ...“

Während Marianne betete, beobachtete

Peter die Verwandten durch seine gefalteten Hände hindurch. Marianne sah Tante Hanne so ähnlich, dass er schon genau hinschauen musste, um Unterschiede zu erkennen. Sie war ebenfalls zierlich, und hatte dunkle geflochtene Haare. Sogar ihre Stimme klang wie die ihrer Mutter.

Kurt erinnerte ihn ein wenig an seinen besten Freund zu Hause in Helsingør, an Henrik Melchior. Allerdings war Henrik zur Zeit nicht mehr in Helsingør, genau genommen seit dem letzten Oktober nicht mehr. Damals hatten Peter und Elise ihm geholfen, nach Schweden zu fliehen. Henrik war Jude. Als die Deutschen beschlossen hatten, auch die Juden in Dänemark zu deportieren, war Helsingør für die Juden nicht mehr sicher. Es war eine dramatische Flucht gewesen. Das Schuljahr war Peter seitdem sehr lang vorgekommen und ohne Henrik außerdem viel ruhiger.

„Peter?“ Tante Hanne hielt ihm eine dampfende Schüssel voll Rotkohl hin.

„Wie bitte? O ja, ich hätte gerne etwas davon.“

Kurt kicherte, und Peter wurde rot. Es kam des Öfteren vor, dass Peter über etwas nachdachte, und dann etliche Minuten vergingen, bevor er in die Realität zurückkehrte. Seine Tante hatte ihm die Schüssel wahrscheinlich schon eine ganze Weile hingehalten.

„Du musst von der langen Reise ganz schön erschöpft sein“, sagte Tante Hanne und schaute Kurt wieder streng an. „Wann seid ihr denn heute Morgen losgefahren?“

„Um halb acht“, antwortete Elise für ihren Bruder.

„Dann lasst uns die Reisenden abfüttern und ins Bett stecken“, sagte Onkel Harald lächelnd. „Kurt und Marianne können euch zeigen, wo eure Betten stehen. Morgen könnt ihr euch dann den Hof anschauen.“

* * *

Als Peter das Bett sah, in dem er schlafen sollte, konnte er es kaum erwarten, unter die Decke zu kriechen. Draußen war es immer noch hell, und es würde bis nach elf Uhr so bleiben. Die Sonne ging hier spät unter und früh wieder auf. Das nannten die Menschen hier „helle Nächte“. Aber im Moment war es Peter ziemlich egal, ob es überhaupt jemals dunkel wurde. Er wollte nur noch schlafen.

„Ich schlafe gleich hier drüben“, erklärte Kurt. „Wenn du irgendetwas brauchst, kannst du mich wecken.“

Peter war zu schläfrig, um zu antworten. Er schlief schon auf der Decke ein, bevor er seine Kleider ausgezogen hatte.

2. Flammender Absturz

Mitten in der Nacht erwachte Peter mit einem Ruck. Jemand war auf sein Bett gefallen.

„Entschuldige“, vernahm er Kurts Stimme aus der Dunkelheit.

Peter setzte sich auf und versuchte sich zu orientieren. Sein Cousin rollte vom Bett und landete unsanft auf dem Fußboden. „Ich ... ich wollte nur nach draußen ins Häuschen gehen“, murmelte er. „Ich habe völlig vergessen, dass dein Bett ja hier steht.“

„Ich komme mit dir“, antwortete Peter, der endlich begriff, was los war.

Kurt fummelte neben seinem Bett herum und kramte eine Taschenlampe hervor. Allerdings schienen die Batterien ziemlich leer zu sein; denn es war nur ein schwacher Lichtstrahl, den Kurt auf die Tür richtete.

Peter folgte seinem Cousin den Flur hinunter, durch die Küche und zur Hintertür.

Als sie an Mariannes Zimmer vorbeikamen, öffnete sich die Tür einen Spalt. „Was macht ihr denn für einen Lärm?“, flüsterte die Cousine.

„Pssst!“, flüsterte Kurt zurück. „Ich bin doch nur über Peters Bett gestolpert. Leg dich wieder schlafen.“

„Von wegen, wir müssen auch. Wartet auf uns!“

Kurze Zeit später schlichen alle vier durch die Hintertür hinaus und in die warme Nacht. Kurt ging mit der schwachen Taschenlampe vorweg.

Da es ziemlich finster war, vermutete Peter, dass es mindestens Mitternacht sein musste, vielleicht sogar noch später.

Als sie draußen waren, sprach Kurt wieder etwas lauter. „Ihr wisst doch, wo der Große Bär ist?“

„Klar“, antwortete Elise. Sie deutete zum Himmel hinauf, wo die bekannten Sternbilder die Himmelsrichtung Norden anzeigten. „Und dort steht der Nordpolarstern, und das dort ist der Kleine Bär.“

Sie starrten alle ein paar Augenblicke zum Sternenzelt hinauf, bis Marianne plötzlich anfing zu hüpfen. „Es ist ganz schön kalt hier draußen, Kurt. Elise und ich werden das Häuschen benutzen, dann gehen wir wieder zurück ins Bett.“

„Ach, komm schon“, sagte ihr Bruder. „Wir sind doch gerade erst herausgekommen.“

„Geht klar“, meinte Elise zu Marianne. „Ein paar Minuten können wir noch bleiben, nicht wahr?“

Während die Mädchen sich vorsichtig auf den Weg zum Häuschen machten, versuchte Peter seine neue Umgebung zu betrachten. Ihre Augen hatten sich mittlerweile an die Dunkelheit gewöhnt.

„In welcher Richtung befindet sich das Meer?“, fragte er. „Im Bus bin ich mit den Richtungen völlig durcheinandergekommen.“

Kurt deutete mit der Lampe zurück zum Haus. „In dieser Richtung. Wir sind hier von drei Seiten vom Wasser umgeben.“

„Wie eine Insel?“

„Beinahe. Aber Oksby und die Blåvands Huk,

die Blauwasser-Spitze, befinden sich in dieser Richtung. Dort ist auch unser großer Leuchtturm." Kurt drehte sich zur entgegengesetzten Richtung um und leuchtete mit dem schwachen Taschenlampenstrahl auf das Häuschen und den Wald dahinter. „Auf der anderen Seite der Bäume ist die Ho-Bucht."

„Ja, jetzt erinnere ich mich." Peter konnte sich langsam wieder ein Bild machen. Sie befanden sich auf einer großen Landzunge, die sich nach Süden hin wegbog. Der Bauernhof lag am unteren Ende. Während der Busfahrt waren sie auch durch Ho gekommen, einem kleinen Dorf. Ho, der Hof und die Blåvands Huk formten eine Art Dreieck.

„Meinst du, dass wir zum Strand können?", fragte Peter.

„Klar!", antwortete Marianne, die gerade mit Elise vom Häuschen zurückkam. „Wir können zum Strand an der Ho-Bucht gehen. Der Strand am Meer, der auf der anderen Seite, ist mit Minen und Stacheldraht übersät und sieht einfach schrecklich aus. Es gibt ein paar Stellen, wo man hin kann. Wir wissen, wo die sind."

Peter fragte sich, wie nahe sie an die Minen kommen würden. „Wirklich? Ich habe noch nie eine Mine gesehen."

„Ach, die sieht man auch nicht", fuhr Marianne fort. „Und die Deutschen lassen einen nicht sehr nahe herankommen. Seitdem sie uns besetzt haben, haben sie große Befestigungen aus Beton auf die Klippen gebaut. Dort marschieren sie immer mit ihren Gewehren herum und haben diese großen Schäferhunde dabei. Sie erschrecken die Schafe. Mikkel sagt, dass sie das mit Absicht tun, nur, um uns zu ärgern."

„Mikkel?", fragte Peter. Er hatte ihren älteren Cousin völlig vergessen. Er war auch nicht zum Essen zu Hause gewesen. „Ach ja. Wo ist der denn eigentlich?"

Kurt drehte sich um, blickte die anderen an und sprach wieder mit leiser Stimme: „Könnt ihr ein Geheimnis bewahren?"

„Ich glaube schon", flüsterte Peter zurück, wobei er sich fragte, warum sie wieder leise sein mussten. „Zumindest Elise kann das."

„Kurt! Überlege bitte, was du tust!" Marianne hörte sich sehr zweifelnd an. Sie hatte etwas Mütterliches in der Stimme.

„Sie sind doch unsere Verwandten, oder etwa nicht?" Kurt sprach noch leiser, als ob sich Spione in der Nähe befinden würden. Peter musste sich sogar vorbeugen, um zu verstehen, was er sagte.

„Mein Bruder Mikkel ist immer bis spät in die Nacht weg", flüsterte Kurt. „Oft ist er mit Mädchen weg."

Elise kicherte. „Und das ist euer Geheimnis?"

„Nein! Ich meine, Mikkel ist im Untergrund. Wenn ihr wissen wollt, ob irgendwelche Fabriken in die Luft gesprengt werden sollen, könnte Mikkel euch das sagen. Aber natürlich tut er es nicht. Jedenfalls wenn die Arbeit auf dem Hof erledigt ist, geht er immer weg."

Peter musste an seinen Onkel Morten zu Hause denken, der einzige andere Mensch, den er kannte, der so etwas tat. Allerdings saß Onkel Morten zur Zeit wahrscheinlich in einem deutschen Gefängnis.

„Er gibt aber nichts zu“, fügte Marianne hinzu. „Und er versucht immer, in dieser Beziehung unbeteiligt zu erscheinen. Aber Mama und Papa wissen natürlich Bescheid.“

„Und sie lassen das zu?“, fragte Elise.

Kurt zuckte mit den Schultern. „Er ist doch schon neunzehn. Was können sie dagegen ...“

Er wurde von einem weit entfernten Donnergrollen unterbrochen, das sich nach Kanonen anhörte. Zuerst vernahmen sie ein paar Schüsse, dann kamen noch andere Geräusche hinzu. Ohne Zweifel, das war der Lärm von großen Geschützen! Die vier Kinder hielten den Atem an.

„Welche Richtung?“ flüsterte Kurt schließlich.

Sie verharrten noch einen Augenblick, dann war ihnen klar, dass das Donnern von der Meeresseite kommen musste.

„Ich glaube von dort“, riet Peter und deutete zum Haus. Er hatte zwar schon früher Geschütze gehört, aber sie hatten anders geklungen als diese hier. Es klang irgendwie so, als ob sie *wirklich* auf etwas schossen. Dann hörte der Geschützlärm so abrupt auf, wie er begonnen hatte, und wurde durch ein Grollen in der Ferne ersetzt.

„Was ist das jetzt?“, fragte Marianne und schaute in den dunklen Nachthimmel über dem Bauernhof.

Plötzlich erkannten sie alle, was es war: Das

Dröhnen eines Flugzeugmotors, begleitet von hustenden, zischenden Explosionen.

„Es hört sich an, als käme es aus dem Wald." Marianne zeigte mit dem Finger. Alle drehten sich um. Das Geräusch wurde lauter.

Sie mussten nicht lange warten, als auch schon ein Flugzeug mit stotterndem und hustendem Motor über ihnen sichtbar wurde. Flammen schlugen aus einem Flügel. Obwohl es sich noch ziemlich hoch über ihren Köpfen befand, duckten sich die Kinder instinktiv.

„Meine Güte!", rief Peter. „Es wird abstürzen, nicht wahr?"

Die Frage war an Kurt gerichtet, aber sein Cousin rannte bereits so schnell er konnte in Richtung der Bucht. Die Taschenlampe schwankte dabei in seiner Hand. Die anderen drei standen erst einmal regungslos und mit offenen Mündern da. Offensichtlich überlegten sie, ob sie mitlaufen oder lieber zum Haus zurückgehen sollten.

Kurt blieb am Rand des kleinen Waldes stehen und rief zurück: „Los, kommt schon! Es geht direkt dort drüben runter! In der Bucht!"

„Vielleicht sollten wir Papa Bescheid sagen!", rief Marianne. „Ich gehe ihn holen." Sie legte ihre Hand auf Elises Arm. „Ihr zwei könnt ja inzwischen ins Haus zurück, wenn ihr wollt. Ich muss Papa holen."

Dann verschwand sie und ließ Peter und Elise im dunklen Hof zurück. Doch die beiden brauchten nur eine Sekunde, um zu entscheiden, was sie tun wollten.

„Kurt!", rief Peter. „Warte auf mich!"

In der Dunkelheit konnte Peter seinen Cousin kaum erkennen und den Pfad, den sie jetzt entlangliefen, schon gar nicht. Elise war etwa zehn Schritte vor ihm und gerade um eine Biegung geeilt. Sie schaute in dem Moment zurück, als Peter über eine Wurzel stolperte und auf die Nase fiel.

„Beeil dich!“, rief sie ihrem Bruder zu.

Peter brauchte keine Ermutigung. In Sekundenschnelle war er wieder auf den Beinen und direkt hinter seiner Schwester.

„Ich sehe überhaupt nichts mehr“, klagte er.

„Ich auch nicht“, stimmte Elise ihm zu. „Wir müssen uns an Kurt halten.“

Die drei liefen mehrere hundert Meter weit durch den Wald. Peter hatte nun völlig die Orientierung verloren und wusste nicht mehr, in welche Richtung sie liefen. Die Bucht konnte aber nicht mehr weit entfernt sein, so viel wusste er. Hin und wieder blieb Kurt stehen und blickte über seine Schulter, um zu sehen, ob seine Verwandten auch mitkamen.

Schließlich legten sie eine Pause ein. Peter beugte sich mit den Händen auf den Knien nach vorne und versuchte, wieder zu Atem zu kommen. Sie stolperten nun schon etwa zehn Minuten durch den Wald. „Ist es noch sehr weit?“, hechelte er.

„Gleich da vorne“, erwiderte Kurt.

Und wirklich, eine Minute später standen die drei auf dem nassen Strand. Aber es war kein Flugzeug zu sehen. Das Meer war ruhig, lediglich der Mond warf blasses Licht auf die sich sanft kräuselnde Wasseroberfläche.

„Das verstehe ich nicht“, stöhnte Kurt. „Die Maschine kann nicht mehr weit geflogen sein.“

Peter wusste, dass sein Cousin Recht hatte. Er schaute etwas genauer über den Strand. Auf der linken Seite der Bucht lief das Wasser auch in kleinen Wellen aus. Rechts öffnete sich die Bucht zum Meer hin. Dort musste sich auch die Insel Fan befinden.

Als Peter seine Blicke über die Küste schweifen ließ, entdeckte er plötzlich etwas in der Ferne – ein aufflackerndes Licht, einen großen Schatten im Wasser.

„Da!“ Peter deutete die Bucht hinunter. Die anderen schauten ebenfalls in diese Richtung. „Ich glaube, ich habe etwas gesehen!“

„Wo?“, fragte Kurt.

Peter stellte sich neben seinen Cousin und versuchte ihm zu zeigen, wo er das Aufflackern gesehen hatte.

„Ja, jetzt sehe ich es auch!“, sagte Kurt, und schon war er wieder losgelaufen und rannte die schlammige Küste entlang.

Peter und Elise stolperten Kurt hinterher. Hin und wieder sanken sie dabei in den weichen Sand ein, manchmal traten sie auch in kleine Pfützen, die das zurückweichende Meer hinterlassen hatte.

Wohl fünfzehn Minuten waren vergangen, und noch immer konnte Peter nicht erkennen, ob sie dem Licht näher gekommen waren. Auf jeden Fall war ihre Kleidung nass und voller Schlamm.

„Siehst du etwas?“, fragte Peter.

Kurt war ihnen noch immer voraus. Manchmal

ging er schnellen Schrittes, manchmal rannte er ein Stück. „Es muss gleich da vorne sein“, rief er atemlos zurück. „Da bin ich mir sicher.“

Peter allerdings war sich nicht mehr so sicher. Und überhaupt – sie waren gerade erst auf diesem Bauernhof angekommen, und schon befanden sie sich mitten in einem Abenteuer. Was sollten sie tun, wenn sie das verunglückte Flugzeug tatsächlich fanden? Ob sie wohl jemanden retten müssten?

Es waren bestimmt weitere zehn Minuten vergangen, bis sie die Stelle erreicht hatten, von der Kurt das Licht gesehen zu haben meinte. Sie blieben stehen und starrten erneut über das Wasser. Nichts.

Plötzlich zeigte Elise auf einen dunklen Schatten vor ihnen, kaum weiter als einen Steinwurf entfernt. Und sie sahen den Schein einer anderen Taschenlampe, die sich dort bewegte und ihnen die Umrisse eines Kampfflugzeuges zeigte.

Der Mond kam wieder hinter einer Wolke hervor. Nun konnten sie besser sehen. Das Flugzeug war verbeult, lag beinahe verkehrt herum im Wasser und hatte einen Flügel eingebüßt, aber es war zweifelsohne dasselbe Flugzeug, das sie über den Hof hatten fliegen sehen.

Dann drehte der Besitzer der anderen Taschenlampe sich um und richtete den starken Strahl auf sie.

„Kurt“, war die Stimme eines Mannes zu hören. „Bist du das?“

„Was?“, rief Kurt zurück.

„Kurt! Du musst Vater holen!“, rief der Mann noch lauter. „Schnell! Wir brauchen Hilfe!“

„Marianne holt ihn schon.“

„Gut!“, kam die Antwort.

Jetzt war Peter klar, dass der Mann dort draußen nur sein neunzehnjähriger Cousin Mikkel sein konnte.

„Dann verschwinde von hier. Geh nach Hause!“, rief Mikkel. „Auf gar keinen Fall!“, behauptete sich Kurt. „Wir können dir bestimmt helfen.“

„Nein, könnt ihr nicht!“, rief Mikkel, aber Unsicherheit schwang in seiner Stimme mit.

Kurt wandte sich an Peter und Elise. „Das bedeutet dieses Mal ja. Los, kommt!“

„Für mich hörte es sich aber nicht nach ‚ja‘ an.“ Elise schüttelte den Kopf.

„Glaubt mir“, sagte Kurt und begann ins Wasser hinauszuwaten. „Es ist in Ordnung. Mikkel ist schließlich mein Bruder.“

Elise ergriff Peters Arm. „Du kannst ja gehen, Peter, aber ich bleibe hier stehen.“

Peter überlegte einen Moment, ob er nicht auch am Strand bleiben sollte, was sicherlich das Vernünftigste gewesen wäre, aber in diesem Augenblick stolperte Kurt und verschwand im Wasser.

Peter sprang los, um ihn zu suchen. Kurt tauchte wieder auf und suchte im knietiefen Wasser nach Halt. Das Wasser war ziemlich kalt und raubte Peter den Atem, aber dennoch griff er nach Kurts Schulter, um ihn zu stützen.

„Ich bin in Ordnung.“ Kurt stotterte. „Komm! Weiter!“ Jetzt war Peter ja bereits völlig durchnässt und befand sich schon im Wasser, also folgte er seinem Cousin. Als er sich erst einmal an das Wasser gewöhnt hatte, war es auch nicht mehr ganz so schlimm. Es wurde lediglich tiefer. Am schwersten war es, sich nicht von der zurückflutenden Ebbe mitreißen zu lassen. Die beiden Jungen bewegten sich so schnell sie konnten durch das tintenschwarze Wasser.

Dann verschwand genau vor ihnen Mikkels Taschenlampe in dem Wrack des Flugzeuges. Das Wasser stand ihnen jetzt schon bis zu den Hüften.

Peter bemerkte den starken Geruch von Benzin, und das bereitete ihm Sorgen. Kurt schien es jedoch nicht zu bemerken, denn er kletterte ohne zu zögern auf eines der Triebwerke hinauf. Da er nicht alleine im Wasser bleiben wollte, zog sich Peter ebenfalls hoch.

Seit sie das Grollen über dem Bauernhof gehört hatten, waren etwa dreißig bis vierzig Minuten vergangen. Sie hockten nun auf dem Triebwerk. Doch auch von hier aus konnten sie nicht erkennen, wie herum das Flugzeug eigentlich im Wasser lag.

Kurt richtete seine Lampe auf den Flügel. Sie erblickten beide die runden Kennungsmarkierungen, die dort aufgemalt waren. Sie sahen aus wie Zielscheiben.

„Britisch“, pfiff Kurt leise vor sich hin.

Sie hörten Mikkel im Innern des Flugzeuges herumklappern. Kurt klopfte auf das Metall. „Wir sind hier draußen“, meldete er sich.

„Ihr sollt auch an Land bleiben“, rief Mikkel zurück. Es klang, als ob er in einer riesigen Blechdose saß.

Peter konnte hören, wie Mikkel sich drinnen bewegte. Einmal erblickte er auch kurz einen Lichtschimmer. Offensichtlich lief er gerade zum anderen Ende des Wracks.

„Siehst du etwas?", fragte Kurt.

„Er ist weg!", kam Mikkels gedämpfte Stimme. „Der Pilot ist weg! Und auch ..."

„Und auch wer?", fragte Peter.

Mikkel antwortete nicht. Es herrschte einen Moment lang Ruhe im Flugzeug.

„Mikkel?", fragte Kurt. „Alles in Ordnung?"

„Ja, ja, alles in Ordnung", antwortete Mikkel. „Bleibt bloß draußen! Und hört diesmal auf mich!"

Kurt rutschte neben Peter und hangelte sich auf die andere Seite des Wracks. Gleichzeitig bewegte sich auch Mikkel weiter. Plötzlich gab es im Innern ein lautes Gepolter. Peter meinte auch ein Stöhnen zu hören.

„Mikkel?", rief Kurt. „Mikkel?"

Keine Antwort.

Peter überlegte nicht lange, zog sich am Rumpf des Flugzeuges hoch und ließ sich durch die offene Luke ins Innere hinuntergleiten.

„Mikkel?" Vorsichtig tastete Peter sich vor. Alles war schief. Der Boden befand sich dort, wo die Seitenwand sein sollte, und die Seitenwand war dort, wo sich der Boden befinden sollte. Er schüttelte den Kopf und versuchte sich zu orientieren. Dann sah er plötzlich wieder Mikkels Taschenlampe, die nutzlos den hinteren Teil des Flugzeuges anstrahlte. Er nahm sie hoch und blickte sich um. Dann starrte er genau in Mikkels Gesicht.

„Ich dachte, ich hätte dir gesagt, du sollst draußen bleiben, Kurt." Mikkel hielt sich die Hand vor die Augen. Er lag unter einem Stapel Sauerstoffflaschen, von denen eine so groß wie ein Hund war.

Peter wusste nicht, was er sagen sollte. Er stand stumm da und leuchtete mit der Taschenlampe.

„Nun steh da nicht so blöd rum." Mikkels Stimme war schmerzerfüllt. „Wenn du schon hier bist, kannst du mir auch helfen. Ich bin ziemlich eingeklemmt."

Peter hob eine der Flaschen hoch. „Ich helfe dir ja schon. Übrigens, ich bin nicht Kurt. Der ist noch draußen."

„He, Peter." Kurts Stimme drang von draußen zu ihnen. „Was geht dort drinnen vor?"

„Wir sind in Ordnung", sagte Mikkel. „Bleib wo du bist. Ich habe nur etwas umgestoßen. Wir kommen gleich raus."

„Ist wirklich alles in Ordnung?", fragte Peter. So, wie sich sein älterer Cousin anhörte, war er sich da nicht so sicher.

„Ja, ich denke schon." Mikkel schob an einer weiteren Sauerstoffflasche, während Peter zog. „Nur ein wenig eingequetscht. Es freut mich, dich kennen zu lernen. Als ich dich das letzte Mal gesehen habe, warst du noch ein Baby. Aber du hättest am Strand bleiben sollen, wie ich gesagt habe."

Peter erwiderte nichts, sondern rollte statt dessen die Flaschen von seinem Cousin herunter. Mikkel stöhnte auf.

„Was ist mit dem Piloten?“, fragte Peter. „Ist er nicht hier?“ – „Kein Pilot. Er ist weg. Er muss schon abgehauen sein, bevor ich hier war.“

„Sonst ist niemand hier?“ Peter richtete die Taschenlampe auf den hinteren Teil des Wracks.

„Nein!“ Mikkel griff nach der Lampe. „Sonst ist niemand hier.“

„Mikkel!“, ertönte Kurts Stimme leise flüsternd von der offenen Luke her. „Ich sehe Scheinwerfer auf der anderen Seite der Bucht! Von Hjerting her. Lastwagen!“

„Wahrscheinlich deutsche Soldaten“, riet Mikkel. „Seht zu, dass ihr von hier verschwindet! Sofort! Watet, so schnell ihr könnt, zum Strand zurück! Und achtet darauf, dass das Flugzeug immer zwischen euch und ihnen ist, damit sie euch nicht sehen können. Vater ist wahrscheinlich bereits am Strand. Ich komme nach.“

„Bist du sicher?“, fragte Kurt. „Bist du in Ordnung?“

„Alles in Ordnung. Los jetzt!“

Mikkel ergriff die Lampe, als sie die letzte Sauerstoffflasche von ihm heruntergerollt hatten, so dass er frei war. Er streckte sich vorsichtig, dann nickte er und schlug Peter auf den Rücken. „Es ist alles in Ordnung! Wirklich. Geh jetzt!“

Peter tat, was Mikkel gesagt hatte, und kroch vorsichtig aus der Luke. Kurt wartete schon unten im Wasser. Auf der anderen Seite der Bucht konnte Peter Scheinwerfer und Taschenlampen erkennen, obwohl es sicher fast zwei Kilometer bis dorthin waren. Er ahnte, die suchten das, was sie gefunden hatten.

„Komm schon“, drängte ihn Mikkel. „Bleib in der Nähe des Wracks und schlüpf dann hintenrum vorbei.“

Peter wusste, dass sie sich beeilen und rasch durchs Wasser zum Strand mussten. Aber je schneller die drei durch das hüfthohe Wasser wateten, desto stärker zog der Schlamm an ihren Füßen. Peter verlor seinen linken Schuh, aber blieb deswegen nicht stehen.

Auf der Hälfte der Strecke blickte er über seine Schulter zurück. Auf einem der Armeelastwagen, die auf der anderen Seite standen, wurde plötzlich ein Suchscheinwerfer angeschaltet. Peter sah, wie der silberne Strahl auf sie zukam.

„Mikkel!“, flüsterte er. „Eine Suchlampe!“

Mikkel ließ sich im seichten Wasser auf die Knie fallen und zog Kurt und Peter mit sich unter das Wasser. Es war kaum tief genug, um sie zu bedecken. So blieben sie liegen und bewegten sich nicht. Peter dachte noch nicht einmal an die eisige Kälte des Wassers, nur daran, was passieren würde, sollte er seinen Kopf hochnehmen und das Licht direkt auf ihn gerichtet sein. Wie lange würde er wohl die Luft anhalten können? Seine Lungen brannten. Endlich ließ Mikkel ihn Luft holen. Die Jungen hoben vorsichtig den Kopf aus dem Wasser und sahen sich nach dem Licht um. Es war über sie hinweggegangen, hatte aber nun das Flugzeug entdeckt, wo es innehielt. Mit einem Seufzer der Erleichterung stand Peter auf und folgte Mikkel und Kurt die letzten Meter zum Strand.

Genau wie Mikkel es vorausgesagt hatte, wartete Onkel Harald bereits dort auf sie. Er hatte sich versteckt und zog sie herunter, als sie hinter die Büsche stolperten. Elise und Marianne waren nicht zu sehen.

„Ich entschuldige mich für dieses schreckliche Willkommen auf unserem Hof!", sagte Onkel Harald mit leiser Stimme.

„Wir werden es wieder gutmachen müssen." Dann blickte er seinen ältesten Sohn an und flüsterte: „Der Pilot ist tot?"

„Nein, aber der Kanonier", erwiderte Mikkel. Peter verstand nun, warum Mikkel nicht zugelassen hatte, dass er sich hinten im Flugzeug umschaute. Er schüttelte sich bei dem Gedanken, dass er im Dunkeln mit einer ... Er spürte, wie sein Magen revoltierte.

„Wo ist der Pilot?", fragte Onkel Harald besorgt. „Anscheinend war er sehr schnell", antwortete Mikkel. „Er war schon weg, als ich ankam, und das war vielleicht gerade einmal eine halbe Stunde nach dem Absturz. Er muss wohl ziemlich schnell herausgeklettert sein und hat sich dann bestimmt im Wald versteckt. Aber seine Proviantflaschen sind noch da. Nur das Funkgerät, das wir brauchen, ist weg. Vielleicht hat der Pilot es mitgenommen. Aber das bezweifle ich. Nicht genug Zeit."

Peter fragte sich, ob diese ganzen Informationen über das Funkgerät, den Proviant und so weiter auch für seine Ohren bestimmt waren.

Onkel Harald legte ihm seine große Hand auf die Schulter. „Mach dir über das alles keine Sorgen, Peter." Seine Stimme klang freundlich, obwohl er eine Ermahnung aussprach. „Kurt, du hättest Peter niemals hierherbringen dürfen. Es ist einfach zu gefährlich, dass ihr euch in so etwas einmischt."

„Es tut mir leid, Papa", murmelte Kurt. „Wir haben das Flugzeug abstürzen sehen, und ich dachte ..."

„Nein, du hast eben nicht gedacht", erwiderte sein Vater. „Wir werden uns später noch darüber unterhalten. Jetzt müssen wir sehen, dass ihr nach Hause kommt."

Der Gedanke an ein warmes Bett und eine Decke, die er sich über den Kopf ziehen konnte, war für Peter in diesem Augenblick äußerst verlockend. Seine nassen Kleider klebten ihm am Leib, und er zitterte und bibberte. Außerdem hatte er nur noch einen Schuh und beide Füße waren schlammverkrustet. Deshalb schaute er nicht zurück zu dem abgestürzten Flugzeug, sondern folgte Onkel Harald und Mikkel den Pfad durch den Kiefernwald hinauf zum Bauernhof. Im Licht der Taschenlampe konnte er erkennen, dass Mikkel stark hinkte.

„Gut, dass die Flut jetzt kommt", meinte Mikkel. „Dadurch werden unsere Spuren verwischt."

Und die des Piloten, dachte Peter. Lauter Fragen gingen ihm durch den Kopf. Wer war der britische Pilot? Würde er ihn irgendwann kennen lernen? Bestimmt war er im Wald und wünschte sich ebenfalls, dass er zu Hause im Bett läge.

Auf dem Ringsted-Hof waren alle wach und machten sich Sorgen, besonders Tante Hanne.

„Warum seid ihr alle nass?“, „Habt ihr deutsche Soldaten gesehen?“, „Wo war der Pilot?“

Während sich Peter und Kurt abtrockneten, mussten sie alles genau erzählen. Als sie zu dem Teil mit dem Scheinwerfer kamen, stöhnte Tante Hanne auf. „Ach Peter“, sorgte sie sich, „deine Mutter wird nicht mehr mit mir sprechen, wenn sie erfährt, was du durchgemacht hast. Du und deine Schwester, ihr sollt doch schöne, ruhige Ferien bei uns verbringen!“

Peter versuchte zu grinsen, aber er ahnte, dass sie bestimmt merkte, wie sehr er sich gefürchtet hatte. „Es ist schon in Ordnung. Wir sind solche Soldaten gewöhnt.“

„Erzähl’ mir bloß nicht, dass ihr diese Art Aufregung in der Stadt jeden Tag erlebt“, sagte Onkel Harald und hielt ihnen ein weiteres Handtuch hin.

„Na ja, nicht ganz“, schaltete sich Elise ein. „Aber letzten Herbst ...“ Sie sah ihren Bruder an.

„Ich denke, ihr habt uns bestimmt eine Menge zu erzählen“, sagte der Onkel. „Aber jetzt zieht euch erst einmal etwas Warmes an und schlüpft ins Bett. Es ist bereits halb eins morgens.“ Dann schaute er zu Mikkel hinüber, der sich am Küchenbecken wusch und dabei aus dem Fenster sah.

Plötzlich wurde er starr. „Vater!“ Er warf sein Handtuch hin. „Da kommt ein Laster unsere Auffahrt hoch. Ein deutscher, glaube ich.“

Onkel Harald trat schnell zum Fenster und zog die Gardine zurück. Dann schaute er zu Tante Hanne hinüber. „Hanne, schaff die Kinder in ihre

Zimmer. Mikkel, du schlüpfst auch ins Bett. Beeilung!“

Die Zwillinge sahen sich an. Peter spürte, wie sein Herz erneut zu rasen anfing. Wie er dieses Gefühl hasste! Ohne ein weiteres Wort folgte er Kurt in das kleine Schlafzimmer. Dort riss er sich die nassen Kleider vom Leib, warf sie in einem feuchten Klumpen unter sein Bett und schlüpfte unter die Decke. Kurt zog lediglich seine schlammigen Schuhe aus und versteckte sich unter der Decke.

Sie waren kaum damit fertig, als Peter auch schon ein lautes Klopfen an der Eingangstür hörte. In den folgenden Minuten vernahm er laute Stimmen – deutsche Stimmen. Das Haus der Ringsteds wurde durchsucht. Schränke wurden geöffnet und wieder zugeschlagen, Stühle wurden gerückt. Auch von draußen vernahm er Stimmen, als die Soldaten um das Bauernhaus herumgingen und in die Schafställe eindrangen. *Gut, dass der Pilot nicht hier ist,* dachte Peter. *Sie würden ihn sonst bestimmt finden.*

Plötzlich flog die Zimmertür auf. Peter tat sein Bestes, um sich nicht zu bewegen. Dann leuchtete ihm jemand mit einer Taschenlampe ins Gesicht. Er versuchte, langsam zu atmen, als ob er schliefe. Langsam, gleichmäßig. Tiefe Atemzüge. Das Licht verharrte einen Moment auf seinem Gesicht und blendete ihn durch die geschlossenen Lider. Er bewegte keinen Muskel, obwohl sein ganzer Körper kribbelte. Plötzlich musste er an den Haufen nasser Kleider unter seinem Bett denken.

Was, wenn sie die nassen Sachen sehen? Dann sind wir verraten! Ich Blödmann! Ich hätte sie mit unter die Decke nehmen sollen!

Er hörte schwere Stiefel auf dem Fußboden, als der Soldat zum Schrank hinüberging und ihn öffnete. Ein anderer Soldat ging den Gang hinunter und blieb an der Tür zum Schlafzimmer stehen.

„Hartmut“, kam eine Stimme. Peter konnte nicht verstehen, was der Soldat sagte, aber der Tonfall war ungeduldig. Er verstand zwei, drei Wörter, die sich ein wenig dänisch anhörten. Und das Wort „Engländer“. *Sie unterhalten sich über den Piloten!* Draußen auf dem Flur sagte der Soldat wieder etwas und lachte dann. Ein unangenehmes Geräusch. Dann kam ein Ruf aus der Küche. Ohne ein weiteres Wort entfernten die beiden sich von der Zimmertür.

„Hast du verstanden, was sie gesagt haben?“, flüsterte Kurt, als wieder Stille eingekehrt war.

Peter atmete vorsichtig aus und öffnete endlich die Augen. „Nein, ich habe nicht viel mitbekommen. Sprichst du Deutsch?“

„Ein wenig. Nicht so viel wie Mikkel. Aber ich habe mitbekommen, dass sie sich über die Suche nach dem Piloten unterhalten haben.“

„Das habe ich mir schon gedacht“, antwortete Peter.

Die Mädchen kamen aus ihrem Zimmer in das der Jungen. „Sie sind weg“, verkündete Marianne. Das fahle Licht aus dem Flur hinter ihr schien ins Zimmer.

„Ja“, sagte Kurt. „Ich habe Peter gerade erzählt,

worüber sie sich unterhielten, als sie hier herumgeschnüffelt haben."

„Und worüber?", fragte seine Schwester.

„Na ja, sie suchen den Piloten und ..."

„Das wissen wir doch schon, Kurt", sagte Marianne ungeduldig.

„Lass mich ausreden! Also, sie suchen den Piloten, und einer von ihnen – der, der in meinem Schrank geschnüffelt hat – sagte etwas wie: „Der Engländer muss hier irgendwo sein."

„Bist du sicher?", fragte Marianne.

„Ja", erwiderte Kurt. „Ich bin sicher. Dann sagten sie noch etwas über ‚draußen suchen!' Und dann sagte der im Flur, dass er dem Schafbauern sowieso nicht glaubt. Sie würden wiederkommen und uns dabei erwischen, wie wir englischen Tee trinken. Ist das zu glauben?"

Peter erschauerte bei dem Gedanken, dass die Soldaten wiederkommen könnten. Und erneut fragte er sich: *Was ist wohl mit dem britischen Piloten passiert?*

3. Kurts Plan

Als Peter am nächsten Morgen aufwachte, war Kurts Bett leer. Die Sonne schien durch das Schlafzimmerfenster. Noch nicht ganz wach schaute sich Peter im Raum um. Im Vergleich zu seinem Zimmer zu Hause in Helsingør war es recht spärlich eingerichtet. An der Wand hingen ein paar aus Zeitschriften ausgeschnittene Bilder von Flugzeugen, und am Kopfende des Bettes war ein großes Hirschgeweih befestigt. Auf dem kleinen Tisch neben dem Bett lag eine schwarze Bibel, die aussah, als ob sie viel benutzt wurde. Der Einband war nämlich ziemlich abgegriffen.

Es klopfte an der Tür.

„Peter, Zeit aufzustehen!" Es war die angenehme Stimme seiner Tante. „Es ist schon beinahe Zeit zum Mittagessen."

„Mittagessen?" Peter setzte sich abrupt auf. „Im Ernst?"

„Nur ein Scherz", lachte Tante Hanne leise hinter der Tür. „Allerdings bist du der Einzige, der noch im Bett liegt. Wenn du noch länger schläfst, kannst du auch bis zum Essen liegen bleiben!"

Peter schmunzelte. Er konnte seine Tante gut leiden. Dann warf er einen Blick auf seinen kleinen braunen Koffer, zog schließlich eine blaue Hose und ein zerknittertes Hemd über und öffnete die Tür.

Tante Hanne ging gerade den Flur entlang.

Peter schaute sich um und rieb sich die Augen. „Wo sind denn alle? Wie viel Uhr ist es überhaupt?“

„Sie sind draußen und erledigen wie jeden Tag ihre Arbeit. Deine Schwester ist zusammen mit Marianne aufgestanden. Ich glaube sie war etwas überrascht, als sie erfuhr, dass du noch schläfst. Sie wollte dich wecken, aber ich habe ihr gesagt, sie solle dich ruhig noch schlafen lassen. Du hattest es bestimmt nötig. Ach ja, es ist halb neun.“

Peter konnte sich nicht erinnern, jemals so lange geschlafen zu haben. Tante Hanne hatte ihm sein Frühstück aufgehoben, und so setzte er sich vor eine große Schüssel voll mit sahniger Milch und mit Butter übergossenem Haferbrei. Außerdem gab es noch dicke Scheiben Schwarzbrot.

„Schmeckt prima“, sagte Peter und verschlang noch einen Löffel voll Haferbrei. „Sogar die Milch ist besser als zu Hause.“

„Wirklich?“, fragte Tante Hanne. „Es ist nämlich Ziegenmilch.“

Peter schluckte. „Was für Milch?“

Alles schien hier auf dem Lande anders zu sein. Das Essen, die Menschen, ja sogar ihre Sprache war anders. Er musste sehr genau hinhören, um den Dialekt seiner Tante zu verstehen. Sie sprach ganz anders als die Menschen zu Hause.

„Ziegenmilch.“ Sie lächelte. „Du weißt schon, diese kleinen Tiere mit vier Hufen. Wir melken ein paar von ihnen. Dann haben wir etwas frische Milch. Wir halten sie zusammen mit den

Schafen. Ziegenmilch ist sahniger als Kuhmilch, fast wie Rahm."

Peter hielt einen Moment mit der Kanne in der Hand inne. Doch dann dachte er: *Warum eigentlich nicht?* und goss sich noch ein wenig über seinen Haferbrei.

Auch die große Landhausküche unterschied sich sehr von der, die sie in der Stadt hatten. Sie war groß und wirkte, als ob einige Landarbeiter an dem großen roh behauenen Tisch Platz finden konnten. Und alles um ihn herum war hell und freundlich, überall weiß getöntes oder naturbelassenes Holz. Gelbe Vorhänge hingen vor den Fenstern. Die Sonne, die hindurchströmte, verstärkte den hellen Eindruck noch. Dadurch wurde auch der einzige dunkle Gegenstand im Raum besonders betont: ein Wandbehang mit schwarzem Rahmen, der aufwendig mit Buchstaben bestickt war. Peter starrte ihn einen Moment lang an und versuchte, die Worte zu entziffern.

„Ich aber ..." las er.

„Josua", sagte seine Tante.

„Josua? Was ist mit Josua? Wen meinst du, Tante Hanne?" Sie lachte wieder. Es war ein angenehmes, warmes Lachen, das Peter nicht in Verlegenheit brachte.

„Ich meine den Josua aus dem Alten Testament", antwortete sie. Und deutete auf den Wandbehang. „Kennst du den Vers? Er ist aus dem 24. Kapitel des Buches Josua: ‚*Wählt euch heute, wem ihr dienen wollt: den Göttern, denen eure Väter gedient haben jenseits des Stroms, oder den Göttern der Amoriter, in deren Land ihr wohnt. Ich aber und mein Haus wollen dem Herrn dienen'."*

Toll, dachte Peter. *Sie kann alles auswendig.* Er dachte an die Bibel auf Kurts Nachttisch und fragte sich, ob sein Cousin auch alles auswendig konnte.

„Meine Mutter – deine Großmutter – hat das gestickt." Sie deutete auf eine Ecke des Wandbehangs. „Siehst du, die eine Ecke ist nicht ganz fertig geworden?"

Peter schaute genauer hin und erkannte, dass ein Teil des „n" von „dienen" unvollständig war. Es sah eher aus wie ein „r".

„Das hier war das Letzte, was meine Mutter noch vor ihrem Tod gemacht hat. Diesen Wandbehang hat sie nicht ganz vollendet, aber ich habe ihn trotzdem gelassen, wie er ist." Dann schaute sie wieder Peter an und lächelte. „Er erinnert mich immer daran, dass Gott mit mir auch noch nicht ganz fertig ist."

Peter nickte höflich.

„Aber ich rede dir ja die Ohren heiß, Peter. Warum läufst du nicht hinaus zu den Schafställen und suchst die anderen? Sie säubern wahrscheinlich noch die Ställe."

„In Ordnung." Peter schob seinen Stuhl zurück, um aufzustehen. „Vielen Dank für das Essen." Kein Däne würde jemals von einer Mahlzeit aufstehen, ohne das gesagt zu haben.

„Gern geschehen", sagte seine Tante. „Weißt du, wo die Ställe sind? Sie sind dort auf dieser Seite." Sie deutete zum Fenster hinaus.

Wie bestellt, blökte in diesem Moment direkt vor dem Fenster laut ein Lamm. „Was ist das?" Peter ging zum Fenster.

Seine Tante lachte nur. „Ach das." Sie lächelte. „Es überrascht mich, dass der kleine Racker so lange gebraucht hat, um zum Frühstück zu kommen. Darf ich vorstellen, das ist unser Bettler."

„Bettler?" Peter blickte zu seiner Tante zurück. *Sie macht doch einen Scherz mit mir!*

„Bettellamm", erklärte sie. „Ein Waisenkind. Seine Mutter ist im Frühjahr gestorben, deshalb müssen wir ihm ein wenig helfen." Sie holte eine Flasche aus dem Schrank, füllte sie vorsichtig mit Milch und verschloss sie mit einem Nuckel. „Hier." Sie reichte Peter die Flasche. „Gib ihm das hier. Es wird alles austrinken. Aber mittlerweile gewöhnt es sich langsam daran, mehr Gras zu fressen. Und gewöhn dich bloß nicht an den kleinen Kerl. Es ist kein Haustier. Denk daran, wir haben hier eine Schafzucht."

Peter nahm die Flasche. „Klar, ich füttere den kleinen Kerl." Und schon war er zur Hintertür hinaus.

Das kleine weißgesichtige Lamm war überhaupt nicht scheu und wusste scheinbar, als Peter seinen Fuß zur Tür hinausstreckte, dass sein Frühstück auf dem Weg war. Peter lachte über das Blöken des kleinen Tieres.

„Du hast Hunger, nicht?" Er beugte sich hinunter und bot ihm die Flasche an. Das kleine Lamm saugte gierig an dem Gumminuckel.

„He, nicht so schnell." Beinahe hätte Peter die

Flasche fallen lassen. „Immer mit der Ruhe." Er hatte noch nie zuvor ein Schaf aus der Nähe gesehen. Deshalb streckte er die Hand aus, um das dichte, raue Fell zu streicheln. Der Schwanz des kleinen Tieres drehte sich beim Trinken wie ein Flugzeugpropeller.

Nach ein, zwei Minuten versuchte Peter, das Lamm zu den Schafställen hinüberzuführen. Dort wollte er nach Elise und den anderen schauen.

Was Tante Hanne die Schafställe genannt hatte, waren drei weiß getünchte Scheunen, die zu verschiedenen Zeiten die Schafe aufnehmen konnten. Peter sah, dass die ersten beiden Gebäude voller herumtollender Schafe waren. Eine ganze Reihe Mutterschafe hatten noch ein oder zwei kleine Lämmer bei sich.

Das kleine Lamm hatte kein Interesse daran, mit ihm zu kommen. Es wollte lieber dort im Hof bleiben und seine Flasche trinken. Schließlich bekam Peter den Nuckel wieder frei und lief hinüber zu der ersten Scheune. Das Lamm heftete sich laut blökend an seine Fersen.

„Hier geht es lang, Kleiner. Komm mit!"

Er brauchte sich nicht groß anzustrengen, um das hungrige Lamm zu überzeugen. Es hatte seine „Tagesmutter" gefunden. Als Peter einen Augenblick stehen blieb, um sich umzuschauen, schnappte es wieder nach dem Nuckel. Peter ließ es weitertrinken.

Dann ertönte eine Stimme aus der Scheune. „Er muss einfach hier irgendwo sein, Marianne." Das war Kurt.

„Das weiß ich doch“, antwortete seine Schwester. „Aber wer sagt, dass ausgerechnet wir ihn suchen müssen?“

„Wenn wir ihn nicht finden, dann tun es die Deutschen!“ – „Und was sagt Mikkel dazu?“ fragte eine andere Stimme. Elise!

„Was sagt Mikkel?“ Wieder Kurt. „Mikkel sagt nie etwas anderes außer ‚Geh nach Hause‘ oder ‚Halte dich hier raus‘. Wie gestern Abend. Er denkt, dass wir noch fünf Jahre alt sind oder so. Er sagt uns auch nie, was er eigentlich tut. Ich wette, er wusste, dass das britische Flugzeug hierher unterwegs war. Bestimmt hat er sogar darauf gewartet. Ich habe ihn gefragt, aber er hat mir keine Antwort gegeben. Das bedeutet meistens ja.“

Jetzt hatte das Lamm die Flasche fast ausgetrunken, so dass Peter ihm wieder den Nuckel entziehen konnte. Dann steckte er den Kopf durch die Scheunentür.

„Ist da jemand?“, fragte er.

Die drei saßen auf hölzernen Kisten zwischen Heuhaufen, Landwerkzeugen und einem kleinen Traktor. Sie schauten alle auf, als Peter hereinkam.

Kurt winkte ihm zu. „Ach nein! Nun seht einmal, wer aufgestanden ist!“, sagte er. „Ich dachte schon, du hast vor, den ganzen Tag zu schlafen.“

Peter grinste. Es war schwer, Kurt nicht zu mögen. Er war zwar ein bisschen tyrannisch, aber immer freundlich.

Peter setzte sich ebenfalls auf eine Kiste. „Deine Mutter hat gesagt, dass ihr hier draußen eure Arbeit erledigt."

„Auf jeden Fall sind wir hier draußen", sagte Kurt. „Und beinahe fertig mit unserer Arbeit."

Elise schaute ihren Bruder an, dann auf die Flasche, die er hinter seinem Rücken zu verstecken versuchte. Das Lamm knabberte an Peters Hose und versuchte wieder an die Flasche zu kommen.

„Wer ist denn dein Freund?" fragte Elise.

Die beiden anderen sahen ihren Cousin an, und Marianne lachte. „Sieht so aus, als ob das Bettellamm eine neue Mama gefunden hat", sagte sie.

Peter schaute hinter sich und hielt dann die Flasche tiefer. „Nennt ihr es immer nur Bettellamm?"

Kurt zog die Schultern hoch. „Mama und Papa wollen nicht, dass wir den Tieren Namen geben. Papa meint, dass es uns dann viel schwerer fällt, wenn wir sie später essen müssen."

Peter erinnerte sich daran, dass seine Tante gesagt hatte, er solle sich nicht zu sehr an das Lamm gewöhnen. Es schien vernünftig zu sein. Trotzdem, das kleine Lamm war so niedlich ... Er schaute zu Bettellamm hinunter, das gerade dabei war, den letzten Tropfen aus der Flasche zu saugen. Ein wenig Milch spritzte auf seine Nase, und es nieste. Peter musste wieder lachen.

„Die Milch schmeckt ihm aber wirklich gut", sagte Elise und streichelte das Lamm am Kopf. Auch sie war noch nie einem Schaf so nahe gewesen.

Peter beugte sich zu ihr herab und flüsterte ihr ins Ohr: „Was hältst du von ‚Milky Way' *(Milchstraße)?"* Er fragte so leise, dass es sonst keiner hören konnte. „Er mag die Milch doch so gerne."

Elise grinste und nickte. Sie konnte ein Geheimnis für sich behalten.

Kurt und Marianne hatten nichts gemerkt. Sie schauten sich gerade beide eine Skizze an, die Kurt auf dem Schoß ausgebreitet hatte.

„Du kommst gerade rechtzeitig", sagte Kurt und markierte etwas auf seiner Zeichnung.

Peter beugte sich zu seinem Cousin hinüber. „Gerade rechtzeitig wofür?"

„Wir machen einen Plan." Kurt deutete mit einem Bleistift-Stummel auf die Zeichnung. „Das hier ist eine Karte von der Stelle, wo das Flugzeug abgestürzt ist. Dort hält sich vermutlich der Pilot versteckt."

Peter streichelte Milky Way, das seine Flasche inzwischen ausgetrunken hatte und jetzt nur noch Luft saugte. „Alles alle, Kleiner", sagte er. Das Lamm ließ schließlich zu, dass er die Flasche wegzog.

Dann wandte Peter seine Aufmerksamkeit der Skizze zu. Auf der linken Seite hatte Kurt das Meer und ein schmales Stück Land aufgemalt. Auf der rechten Seite hatte er Wälder, Bäume, Felder und die Bucht eingezeichnet. Das Landstück sah so aus, wie Peter es sich im Kopf ausgemalt hatte – wie der Arm eines Riesen. Der Ellenbogen war zum Meer hin angewinkelt, die Hand deutete aufs Festland zurück. Am Ellenbogen und an der Hand gab es Leuchttürme. Der Ringsted-Hof befand sich auf der Karte unten. Er lag zwischen zwei kleinen Ortschaften, links Oksby und rechts Ho. Dahinter war die Ho-Bucht und dann wieder Land.

„Siehst du, hier ist das Flugzeug abgestürzt." Nun drängten sich alle um Kurt, der ihnen seine Karte erklärte. Er zeigte auf eine Stelle in der Ho-Bucht.

Peter hatte noch immer das Bild im Kopf, wie er es gestern Abend im Dunkeln erlebt hatte. Vielleicht war es nur ein Traum? Er wäre froh gewesen, wenn dem so wäre, aber die Erinnerung war doch zu klar. Außerdem lag unter seinem Bett noch ein Haufen feuchter Kleider, stumme Zeugen der gestrigen Ereignisse. Er würde sich nachher noch darum kümmern müssen.

„Hier ist Wald", sprach Kurt weiter und fuhr mit dem Finger über die Karte, „und hier auch. Er muss irgendwo ... hier sein." Er malte einen Kreis auf die Karte und zeichnete dann noch ein Kreuz ein. „Wenn ich mich verstecken müsste, würde ich es hier tun."

„Ja, aber du musst es nicht", korrigierte Marianne ihn. „Meinst du nicht, dass die Deutschen das auch alles wissen?"

„Vielleicht." Kurt stand auf und lief herum. „Aber ich glaube es nicht. Sie kennen den Wald nicht so gut wie wir. Sie gehen einfach nur mit ihren Hunden hinein und machen viel Lärm. Wenn jemand in der Lage ist, diesen Mann zu finden, dann wir."

Marianne wollte offensichtlich nicht zulassen, dass Kurt sich durchsetzte. „Ich denke immer noch, dass wir es Mikkel überlassen sollten.“

Peter und Elise schauten sich an. Es sah so aus, als ob sie ebenfalls in diesen Streit verwickelt werden würden, ob sie wollten oder nicht.

„Was meinst du, Elise?“, fragte Marianne dann auch ihre Cousine.

Jetzt saß Elise in der Tinte. Sie schaute erst zu Peter, dann zu Marianne und holte schließlich tief Luft. „Wenn Kurt ein paar Stellen kennt, an denen wir suchen können, dann sollten wir vielleicht mal nachsehen.“

„Ha!“ Kurt wedelte mit der Karte vor Mariannes Gesicht herum und grinste sie an. „Siehst du?“

Elises Antwort überraschte Peter, aber er sagte nichts. Dann erinnerte er sich wieder daran, dass sie die Tapfere gewesen war, als sie im letzten Jahr nach Schweden hinübergerudert waren, um seinem besten Freund Henrik bei der Flucht vor den Deutschen zu helfen. Sie war es gewesen, die alle ermuntert hatte weiterzumachen, sogar noch, als er und Henrik krank wurden. Peter beugte sich über Milky Way, um das Lamm ein letztes Mal zu streicheln, bevor es aus dem Scheunentor rannte.

„Na schön“, seufzte Marianne. „Also gehen wir los und sehen uns ein wenig um. Aber sobald wir auf deutsche Soldaten treffen, gehe ich sofort nach Hause.“

„Mach dir mal keine Sorgen, kleine Schwester“, sagte Kurt zu seiner älteren Schwester. „Wir werden uns von denen schon fernhalten. Peter kann mit Papas Rad fahren, Elise kann Mamas benutzen."

Als sie aus der Scheune traten, wurden sie von Onkel Harald aufgehalten. „He, ihr!", rief er vom Zaun herüber. „Ich brauche eure Hilfe! Könnt ihr die Räder einen Moment abstellen und ein paar von den Mutterschafen einfangen? Wir müssen die Hufe zurückschneiden."

Die Kinder ließen ihre Räder auf den Kiesweg fallen und kletterten über den Zaun zur Schafweide. Peter steckte die Hände in die Hosentaschen und fragte sich, wie er dabei helfen sollte, als Kurt auf eine Gruppe von etwa zwanzig Schafen zeigte, die sich in einer Ecke der Weide zusammendrängten.

„Dort drüben", sagte Kurt. „Könnt ihr eins fangen?"

Peter klopfte seiner Schwester auf den Rücken. „Wir versuchen es mal, nicht wahr, Elise?"

Elise blickte zu ihrem Onkel hinüber. Onkel Harald nickte.

Elise und Peter pirschten auf Zehenspitzen über das Feld. Als sie in die Nähe der Schafe kamen, begannen sie vorsichtig einen Schritt zuzulegen.

Aber es war völlig zwecklos. Die Schafe stoben wild auseinander und waren bereits am anderen Ende der Weide, bevor Peter und Elise überhaupt in ihre Nähe gekommen waren.

„Na gut", sagte Peter und kratzte sich am Kopf. „Du kommst dieses Mal von der linken Seite und ich von der rechten. Dann treiben wir sie zusammen."

„Gut“, stimmte Elise zu. Sie ging etwas in die Hocke, als sie auf die Schafe zuschlich. Als die beiden erneut in die Nähe der Schafe kamen, kroch Peter auf die andere Seite.

„Jetzt“, gab Elise ein Zeichen. Sie versuchten, das vorderste Schaf zu greifen. Peter warf sich mit seiner vollen Länge darauf zu, bekam aber nur eine Handvoll Gras zu fassen.

„Ist es so etwa richtig?“, rief Peter vom Boden. Dann sah er, dass sich Onkel Harald, Kurt und Marianne am Rand der Wiese vor Lachen ausschütteten.

„Das ist toll!“ Kurt konnte vor lauter Gelächter kaum sprechen. Er schlug sich auf die Schenkel.

Als Peter und Elise bemerkten, dass sie einem Scherz zum Opfer gefallen waren, schleppten sie sich zu den anderen zurück. Beide versuchten gequält zu lächeln.

Peter schlug die Arme übereinander. „Schon gut, schon gut. Ganz guter Scherz. Aber jetzt zeigt uns mal, ob ihr es könnt.“

Mit einem Lächeln und einem Augenzwinkern ging Onkel Harald gemächlich auf die Herde zu. Er schaute nicht zu den Tieren hin, sondern schien die Wolken über sich zu beobachten. Die Schafe erlaubten ihm, sich ihnen zu nähern, und er verlangsamte seinen Schritt, als er zu einem der größeren Mutterschafe kam. Immer noch blickte er zu den Wolken, ging langsam in die Knie, ließ seine Arme baumeln und griff plötzlich nach den Hinterläufen des Tieres.

„Bringt die Schere!“, rief Onkel Harald. Mit einer raschen Bewegung warf er das Schaf auf den Rücken und hob es mit den Beinen nach oben auf seinen Schoss.

Die Schere war eigentlich ein scharfes Messer, mit dem Onkel Harald die überlangen Hufe des Schafes nun zurückschnitt. Nach zwei Minuten war alles vorbei.

„Bei Onkel Harald sieht das ganz einfach aus!“, meinte Elise. „Das Schaf hat sich gar nicht gerührt. Es liegt da wie ein nasser Sack.“

Marianne lachte. „Wir müssen das hier ziemlich oft tun. Ihr werdet aber schon rauskriegen, wie man Schafe fängt. Aber immer, wenn jemand zu uns zu Besuch kommt, lassen wir ihn natürlich versuchen.“

Kurt salutierte. „Hiermit habt ihr eure Feuerprobe bestanden.“

Sie brauchten noch zwei Stunden, dann waren alle Schafe zurückgestutzt. Peter war es sogar gelungen, selbst ein paar zu fangen. Sie hatten sich abgewechselt und die Schafe zu Onkel Harald gebracht, der ihnen die Hufe zurückschnitt. Dann waren die Tiere auf einer anderen Weide freigelassen worden. Onkel Harald hatte ihnen erklärt, dass sie das in bestimmten zeitlichen Abständen wiederholen mussten, damit die Hufe nicht von Krankheiten befallen wurden. Das war eine Aufgabe, bei der die gesamte Familie mitwirken musste.

Nachdem das letzte Tier freigelassen war, schaute Peter sich um. „Alles geschafft“, bemerkte er. „War gar nicht so schlimm.“

„Nein, das war es nicht“, stimmte Onkel Harald

zu. „Jetzt haben wir auch nur noch zweihundert Schafe vor uns."

„Zweihundert!", rief Peter ungläubig. „Wirklich? Noch zweihundert? Heute?"

Onkel Harald lachte wieder. „Nein, natürlich nicht heute. Wir können morgen weitermachen. Ich muss sowieso mit Mikkel noch etwas erledigen. Ihr vier könnt also ruhig Fahrrad fahren gehen." Er winkte ihnen zu und ging zurück zum Haus.

Peter seufzte erleichtert auf, obwohl ihm die Arbeit nichts ausgemacht hatte. Es tat immer gut zu helfen.

„Kommt!" Kurt sprang auf.

„Moment mal", sagte Marianne und hielt ihn am Arm fest. Kurt drehte sich zu seiner Schwester um, wobei er seine Hände auf die Hüften stützte. „Was ist denn jetzt schon wieder?"

„Es ist Mittagszeit", antwortete sie. „Und ich habe Hunger. Du nicht?"

Kurt runzelte die Stirn und sah dann Peter und Elise an. Peter hatte später als die anderen gefrühstückt, aber er hatte ebenfalls Hunger. *Muss wohl an der Arbeit liegen,* sagte er sich.

„Na schön", sagte Kurt und zuckte mit den Schultern. „Aber wir werden nie etwas schaffen, wenn wir hier nur rumtrödeln. Also nur ein schnelles Brot."

Ein „schnelles" Brot von Tante Hanne entpuppte sich als riesige Scheiben Leberwurst auf Schwarzbrot, Rotkrautsalat, eingemachte Gurken und große Gläser voll kühler Milch.

„Kann es sein, dass du eben schon mal hier

warst?“, sagte Tante Hanne zu Peter und lachte.

Der Junge lächelte sie an und biss noch einmal in seine Gurke. „Hoffentlich macht es dir nichts aus.“

„Ausmachen? Natürlich macht es mir nichts aus!“, erwiderte sie. „Das tun wir Frauen vom Lande doch gern, Menschen füttern. Du musst dich nur an unseren Humor gewöhnen.“

Elise schaute zu ihrem Bruder hinüber, der gerade die letzten Reste seines Brotes hinunterschluckte. „Wir hatten heute bereits ein gutes Beispiel von eurem Humor“, sagte sie lächelnd.

„Ach ja?“, erwiderte Tante Hanne. „Onkel Harald hat euch doch nicht etwa Schafe fangen geschickt?“

Es gab großes Gelächter, während sie den Tisch abräumten. Und dann konnten sie mit den Fahrrädern losfahren. In Sekundenschnelle waren die vier hinausgerannt, hatten die Räder gegriffen und radelten nun die baumgesäumte Allee hinunter.

„Wir fahren zum Kreuz!“, rief Kurt und wedelte die Karte mit einer Hand in der Luft herum. Da sie schon fast am Ende der Allee waren, gab es nur eine Richtung, die sie einschlagen konnten. Nach einem kurzen Stück, so erinnerte Peter sich, mündete die Allee in den Hauptweg, eine Ecke des Straßendreiecks, das vom Ringsted-Hof nach Ho und dann weiter zur Blåvands Huk und den Stränden führte.

„Es sind nur 15 Minuten von hier bis Ho“, sagte Marianne. „Manchmal auch weniger, wenn man schneller tritt“, fügte Kurt hinzu.

Peter sagte gar nichts, als er hinter den anderen herradelte, aber er hatte das komische Gefühl, dass sie auf etwas treffen würden, was sie nicht erwarteten.

4. Überraschung im Wald

Peter biss die Zähne zusammen, als er mit dem Rad durch ein weiteres Loch im Kiesweg holperte. Marianne schaute zu ihm hinüber und grinste.

„Na, wie gefallen dir die Reifen, Peter?“, fragte sie. „Papa hat sie selber gemacht.“

„Ganz toll“, rief er zurück. „Ich habe zu Hause in Helsingør auch so ein paar. Meine sind allerdings aus Seilen gefertigt, nicht aus Holz.“

„Ja“, meldete sich Kurt zu Wort, dessen Rad ebenfalls Reifen aus Holz hatte. „Ich wünschte, dieser blöde Krieg wäre endlich vorbei, damit wir wieder richtige Reifen kaufen können. Das Rad, auf dem Elise fährt, ist das Einzige, das noch Gummireifen hat, und das auch nur, weil Mamas noch nicht hinüber sind.“

Die vier redeten beim Fahren miteinander und achteten kaum auf das, was sich um sie herum im Wald abspielte. Peter legte den Kopf zurück, blinzelte in die Sonne und versuchte, nicht an den abgestürzten Piloten zu denken. *Vielleicht wird sich die ganze Situation einfach in Luft auflösen, je weiter wir fahren,* dachte er. Er lauschte auf den Wind, der ihm um die Ohren pfiff und hörte Kurts Witzen zu.

„Habt ihr schon einmal etwas von den Molbos gehört?“, fragte ihr Cousin nun.

Peter überlegte. *Das muss irgendein Witz sein.*

Aber er war sich nicht sicher. „Ich glaube nicht.“ Er wandte sich an Elise. „Du, Elise?“

Elise lächelte. „Ja, aber ich kann mich an keine Molbowitze erinnern.“

Kurt strahlte über das ganze Gesicht, froh darüber, dass er wieder eine Geschichte zum Besten geben konnte. „Habt ihr den gehört, als jemand den Molbos erzählte, ihr Dorf würde angegriffen?“

„Nein.“ Peter wartete auf den Witz. „Davon habe ich noch nicht gehört.“

„Also die Molbos wollten ihre Glocke retten, die Glocke vom Rathausturm und ...“

„Nein, nein, Kurt“, unterbrach ihn Marianne. „Wenn du diesen blöden Witz unbedingt erzählen musst, dann aber bitte richtig. Also die Glocke war nämlich von der Kirche.“

„Kirchenglocke, Rathausglocke, ist doch völlig egal“, sagte Kurt. „Wie gesagt, sie wollten aber ihre Kirchenglocke retten. Und einer von ihnen kam auf die Idee, sie in einem Ruderboot auf das Meer hinauszubringen und sie dort zu versenken, bis die feindlichen Soldaten wieder weg wären.“

„Das ist der Witz?“, fragte Elise.

Kurt räusperte sich. „Geduld, Geduld. Ich bin doch noch nicht fertig. Also, alle Molbos hielten das für eine großartige Idee. Sie nahmen die Glocke und ruderten mit ihr weit aufs Meer hinaus. Dort warfen sie sie über Bord ...“

„Und wie wollten sie sie dann wiederfinden?“, fragte Peter. „Wart's ab. Das ist doch der Witz“, erwiderte Kurt. „Einer der Molbos – sie sind ja nicht sehr helle – sagte, dass er eine gute Idee hätte. Er nahm sein Taschenmesser, lehnte sich über die Bootskante und schnitzte in die Seite des Bootes ein großes X. „Nun wissen wir genau, wo die Glocke sich befindet, nämlich direkt unter diesem Zeichen‘, sagte er. Und so ruderten sie zufrieden wieder nach Hause.“

Peter lachte als einziger. Elise lächelte höflich und Marianne stöhnte nur.

Kurt schien sich zu freuen, dass wenigstens einem sein Witz gefiel. Er sah Peter an. „Du hast wirklich noch nie etwas von den Molbos gehört?“

„Nein, wirklich nicht“, antwortete Peter. „Anscheinend bin ich nicht auf dem neuesten Stand der Dinge.“

Sie waren nun in der Nähe des Dorfes. Peter schaute sich um. Die Bauernhöfe waren hier kleiner, und es gab mehr Wald, überwiegend zu ihrer Linken. Peter hörte das Bellen von Hunden und drehte sich um.

Durch die Bäume hindurch sah er es deutlich: Es waren drei riesige Schäferhunde – und mehrere deutsche Soldaten in ihren Uniformen. Die Soldaten wurden offensichtlich von den Hunden durch den Wald gezogen. Der Anblick reichte aus, um Peter wieder ein Stechen in der Magengegend zu verursachen.

Dann erblickte Elise sie ebenfalls. „Schaut mal“, sagte sie. „Was machen die Soldaten dort im Wald?“

Kurt schaute zu den Bäumen hinüber und runzelte die Stirn. „Welche Soldaten?“

„Dort im Wald“, sagte Peter. „Sie haben große Hunde.“

Kurt blickte über die Schulter zurück. Dabei geriet sein Rad leicht aus dem Gleichgewicht. „Lasst uns bloß nicht stehen bleiben."

Stehen bleiben war das Letzte, was Peter in diesem Moment zu tun gedachte. Im Gegenteil, er trat, so schnell er konnte, in die Pedale.

Trotz der selbst gefertigten hölzernen Reifen wurden die beiden Jungen auf dem Kiesweg immer schneller. Kurz darauf hörten sie Marianne weit hinter sich rufen.

„He!", schrie sie. „Wartet gefälligst!"

Peter wollte die größtmögliche Entfernung zwischen sich und die Soldaten legen. Eine Ahnung sagte ihm, dass die Deutschen den Piloten suchten. Er sah zu Kurt hinüber und hoffte, dass sein Cousin nicht vorhatte, das gleiche Gebiet wie die Soldaten abzusuchen.

„Wie weit noch?", fragte er Kurt, während sie die Fahrt verlangsamten, damit die Mädchen aufholen konnten.

„Ich glaube, dass der Pilot in der Nähe des Dorfes ist", erwiderte sein Cousin. „In der Umgebung von Ho gibt es gute Verstecke, viel Wald, viele Bäume. Oder er versteckt sich sogar in irgendeinem Wohnhaus."

„Meinst du wirklich?"

„Ich weiß es natürlich nicht. Aber wenn ich an seiner Stelle wäre, würde ich mir schleunigst ein gutes Versteck suchen. Die Hunde ..." Er deutete mit dem Daumen hinter sich, wo sie die Soldaten im Wald gesehen hatten. „... wenn *die* ihn finden ..."

Peter zitterte, obwohl es in der Sonne heiß war.

Er würde es Kurt nicht sagen, aber er war sich keineswegs sicher, ob er diesen Piloten überhaupt finden wollte. Was sollten sie mit ihm anfangen?

Sie fuhren gerade an einem dichten Stück Wald entlang, als Kurt plötzlich an den Straßenrand fuhr. Er drehte sich nach hinten um. Peter folgte seinem Blick.

„Ich glaube, wir sind jetzt weit genug entfernt“, sagte Kurt. Sie befanden sich offensichtlich am Ortseingang. Peter sah mehrere Bauernhäuser.

„Das hier“, Kurt zeigte auf das Dorf, „ist Ho. In dem großen langen Haus dort wohnt der Pastor. Neben der kleinen Kirche. Das Haus mit der großen Hecke.“

Peter und Elise schauten sich das Dorf an. Es gab etwa zwanzig, dreißig Häuser dort, kleine weiße Häuser mit roten Dächern. Es war ein Dorf wie hundert andere Bauern- und Fischerdörfer in Dänemark.

„Sieht ganz nett aus“, sagte Peter. „Aber was ist das eigentlich für ein Name ‚Ho‘?“

Marianne sprang von ihrem Rad herunter. „Wer weiß? Vielleicht haben die ersten Bewohner hier viel Heu gemacht, du weißt schon, Ho-Heu? Klingt doch ähnlich.“

„Oder die Wikinger haben früher hier gelebt“, fügte Kurt hinzu. „Und sie gaben dir eins auf den Hohlkopf.“ Er klopfte Peter mit den Handknöcheln auf den Kopf. Nicht sehr fest, aber fest genug, um eine Rangelei in Gang zu setzen. Peter vergaß die Soldaten im Wald, ließ sein Rad ins Gras fallen und wollte sich auf Kurt stürzen. Kurt lief in den Wald, Peter hinter ihm her.

„Ich werde dir gleich was auf den Hohlkopf geben!“, rief Peter, als er Kurt verfolgte. Er blickte kurz über die Schulter zurück, um zu sehen, ob Elise nachkam. Doch seine Schwester und Marianne schauten sich nur an, als ob sie das Verhalten der Jungen höchst kindisch fänden. *Na ja, wen kümmert's,* dachte er.

Peter hatte Kurt beinahe eingeholt, als der sich plötzlich hinter einen Baum duckte. Nun rannten die beiden Jungen lachend immer um den Stamm herum.

„Wollt ihr Jungs dieses sinnlose Spiel den ganzen Nachmittag treiben oder was?“ Marianne wurde es langsam zu bunt.

Peter war vom Laufen außer Atem, so dass er mit sich übereinkam, dass er sowieso gerade aufgeben wollte. Er versuchte wieder zu Atem zu kommen. „Schon gut, schon gut“, sagte er und zog tief Luft ein. „Vielleicht sollten wir weitersuchen, Kurt. Wo kann deiner Meinung nach dieser Pilot sein?“

Kurt zog mit wichtiger Miene seinen Plan aus der Tasche und breitete ihn auf einem umgestürzten Baumstamm aus. Die anderen drei drängten sich um ihn.

„Wir befinden uns ungefähr hier.“ Kurt zeigte auf eine Stelle unmittelbar außerhalb des Dorfes. „Und der Wald ist hier wirklich sehr dicht. Und hier auch.“ Er fuhr mit dem Finger über eine Stelle, die er mit einem Tannenbaum markiert hatte.

Marianne hatte Schwierigkeiten zu erkennen, wie herum die Karte gezeichnet war. Sie drehte den Kopf von einer Seite zur anderen, bis sie endlich den richtigen Blickwinkel gefunden hatte. „Bist du sicher, dass er hier drin ist?“, fragte sie. „Aus welchem Grund?“

„Ich hab’s dir doch erklärt“, sagte Kurt ungeduldig. „Er muss irgendwo sein, wo er sich gut verstecken kann. Es sei denn, er ist in einem Wohnhaus. Und ich glaube, er wird auf Lichter zuhalten. Du weißt schon, Lichter einer Ortschaft, wo er Menschen finden kann, die ihm freundschaftlich gesinnt sind.“

Peter hoffte inständig, dass der Mann sich irgendwo in einem Haus befand. Und er hoffte, dass die Deutschen mit ihren Hunden ihn nicht finden würden. Das wäre das Schlimmste.

Er versuchte das Stechen in seinem Bauch zu ignorieren und wandte sich wieder seinem Cousin zu.

„Vielleicht sollten wir uns aufteilen und getrennt in das Dorf gehen“, schlug Elise vor.

Kurt zeigte mit seinem Daumen nach oben. „Guter Gedanke! Wir können uns im Garten des Pastors treffen.“ Er zeigte nach vorne, auf das Haus am Rand des Waldes. „Dort vorne! In zehn Minuten!“

Aber Marianne blieb stehen und stemmte die Hände in die Hüften. „Ich werde mich nicht alleine durch den Wald kämpfen, Kurt Ringsted! Nicht ohne ...“

„Ach, ich meinte ja auch nicht alleine“, unterbrach Elise sie. „Wir sollten zu zweit gehen.“

Peter war froh, dass Marianne das zuerst erwähnt hatte.

Kurt schaute sich noch einmal um. „Gut“, sagte er dann und blickte zu Peter hinüber. „Dann wollen wir mal losgehen, Peter.“

Peter fielen wieder die Soldaten mit ihren Hunden ein, irgendwo im Wald hinter ihnen. Sie waren bestimmt noch ein ganzes Stück entfernt, aber er wusste nicht, in welche Richtung sie gingen. Er fragte sich, was Kurt und er wohl täten, wenn sie Hunde hören würden. Zum Haus des Pastors laufen? Wieder aufs Rad steigen?

„Schau mal, hier ist beispielsweise ein gutes Versteck“, flüsterte Kurt, und er griff nach Peters Arm.

Zwischen zwei Bäumen befand sich eine kleine Aushöhlung. Zwei andere Fichten waren darübergefallen, und so war darunter eine Kuhle entstanden.

Stimmt, hier konnte sich gut ein Tier verstecken, dachte Peter, *oder ein Pilot.*

Hinter sich hörte er plötzlich Zweige knacken. Er wartete nicht ab, um zu sehen, wer es war, vielmehr keuchte er auf und hechtete über den Baumstamm. Kurt war bereits neben ihm.

Doch es war nichts mehr zu hören. Peter war der Erste, der vorsichtig über den Stamm lugte. Irgendwie erwartete er einen deutschen Soldaten vor sich, aber er erblickte einen ihm unbekannten Mann, der ihn direkt anstarrte. Er hatte dunkles unfrisiertes Haar, das ihm in allen Richtungen vom Kopf abstand und die größte Nase, die Peter je gesehen hatte. Er war nicht im geringsten gut aussehend, aber er hatte den angenehmen Gesichtsausdruck eines zerstreuten Professors.

Peter konnte sich nur ein halbes verlegenes Lächeln abringen und kam sich dabei höchst albern vor. „Wir haben etwas hinter uns gehört", fing er an „und da dachten wir ..."

Inzwischen hatte sich Kurt ebenfalls hochgestemmt. Er erkannte den Mann sofort. „Pastor Kai!", sagte er. „Bin ich froh, Sie zu sehen. Wir dachten, es wäre jemand anderes ..."

Der Mann brach in herzliches Gelächter aus. „Tut mir echt leid, Jungs, dass ich euch erschreckt habe", sagte er. „Ich war gerade spazieren und habe plötzlich Geräusche gehört, und da wollte ich mal nachsehen. Offensichtlich seid ihr das gewesen. Spielt ihr hier Verstecken?"

„Na ja, nicht so ganz." Kurt stand auf und klopfte sich die Walderde von den Kleidern ab. „Wir suchen etwas."

„Ach?" Der Pastor schien interessiert. „Wenn ihr mir sagt, was ihr verloren habt, kann ich euch vielleicht bei der Suche helfen. Aber du musst mir erst einmal deinen Cousin vorstellen."

Kurt stotterte einen Moment verlegen herum. Peter vermutete, dass sein Cousin überlegte, ob er ihre ganze Geschichte erzählen sollte oder nicht. Aber woher wusste der Pastor überhaupt, wer er war?

„Ach ja, Entschuldigung." Kurt wedelte mit der Hand in Peters Richtung. „Das ist mein Cousin Peter Andersen aus Helsingør. Peter, das ist Pastor Kai Steffensen. Aber hier nennen ihn alle

Pastor Kai." Peter machte eine leichte Verbeugung als Begrüßung, und Kurt fuhr, an Pastor Kai gewandt, fort:

„Peters Zwillingsschwester Elise ist auch hier irgendwo in der Nähe. Wir wollten uns in ein paar Minuten an Ihrem Haus treffen, wenn wir nicht ..." Er blickte sich noch einmal vorsichtig um. „... wenn wir nicht den britischen Piloten, der letzte Nacht in der Bucht abgestürzt ist, finden."

Der Pastor zog die Augenbrauen hoch. Offensichtlich hatte er noch nichts von dem Absturz und dem vermissten Piloten gehört. Obwohl Peter sich das nicht vorstellen konnte. *Der ganze Aufruhr in der letzten Nacht, die Motorengeräusche des Flugzeuges, das Donnern der Geschütze,* dachte Peter, *das muss doch das ganze Dorf wissen!*

„Pilot?" Der Pastor schaute erstaunt drein. „Ihr braucht wirklich Hilfe, nicht? Erzählt mir, was los ist, während wir zu mir nach Hause gehen. Soviel ich weiß, hat meine Frau gerade Brot gebacken."

Kurt und Peter erzählten Pastor Kai eine Kurzversion ihrer Geschichte, während sie zum Haus des Pastors gingen. Elise und Marianne warteten auf dem gepflegten Rasen des Pfarrhauses und waren sehr erstaunt, als sie Pastor Kai mit den Jungen kommen sahen.

„Schaut mal, wen ich im Wald gefunden habe!", rief der Pastor schon von weitem.

Die beiden Jungen sahen ein wenig betroffen drein, so als ob man sie beim Diebstahl erwischt hätte. Pastor Kai schaute Elise mit einem freundlichen Lächeln an. „Und du bist bestimmt Elise Andersen." Er verbeugte sich. „Ich habe von deiner Tante Hanne viel Gutes über dich gehört. Warum kommt ihr nicht mit hinein in die Küche?"

Elise errötete. Dann folgte sie den anderen ins Haus.

„Sie hat gesagt, dass du sehr gescheit bist", sprach der Pastor weiter.

„Und wie!", unterbrach ihn Peter. „Zu Hause nennen wir sie ‚das Gehirn'."

„Peter!" Elise sah ihn scharf an. „Halt die Klappe!"

Peter und Elise wurden der Frau des Pastors vorgestellt, die gerade hausgemachtes Brot und Marmelade auf den Tisch stellte. Peter verspürte großen Appetit, obwohl es eigentlich noch gar nicht so lange her war, dass er gefrühstückt und zu Mittag gegessen hatte. *Offensichtlich essen die Menschen auf dem Land wesentlich besser, als wir in der Stadt es gewohnt sind,* dachte er.

Die Frau des Pastors war auffallend hübsch – *beinahe so wie Mutter.* Sie hatte kurz geschnittene braune Haare und ein offensichtlich unverwüstliches Lächeln.

Natürlich war es die Marmelade, die Peters Aufmerksamkeit am meisten erregte. „Toll, endlich mal wieder Erdbeermarmelade!", sagte er. „Wir haben so etwas seit langem nicht mehr gehabt. Genaugenommen seit vor dem Krieg, als wir noch klein waren."

Frau Steffensen trat einen Schritt zurück.

„Selbst gemacht“, sagte sie. „Sie ist nicht sehr süß, aber das kommt daher, dass wir diesen Monat keinen Zucker bekommen konnten.“

Dennoch fanden die Kinder es perfekt. Peter tat sich an drei Scheiben hausgemachtem Brot, so dick wie nur möglich mit Marmelade bestrichen, gütlich. Es gab auch noch Pflaumen aus dem Garten. Frau Steffensen lächelte, als sie sah, wie gut es ihnen schmeckte.

Der Pastor stand vom Tisch auf, nachdem er sein Brot aufgegessen hatte. „He“, fragte er und wischte sich die Marmeladenreste mit einer Serviette aus den Mundwinkeln. „Schreibt einer von euch gerne Gedichte?“

„Sie ist darin die Schulbeste.“ Peter zeigte auf seine Schwester. Elise hatte den Mund voll, so dass sie nicht verneinen konnte. Sie wedelte nur mit der Hand und bedeutete Peter damit, er solle aufhören.

„Wunderbar“, erwiderte Pastor Kai. „Dann habe ich etwas für dich.“ Er ging den Flur hinunter in sein Arbeitszimmer.

Einen Moment später kam er mit einem Heft in der Hand wieder zurück. „Ich versuche gerade, dieses Gedicht zu vollenden, aber bei der einen Zeile komme ich nicht weiter. Deswegen war ich auch im Wald, um einen klaren Kopf zu bekommen. Vielleicht kannst du mir helfen. Es soll Teil einer Predigt werden.“

Elise wurde wieder rot, nahm aber dennoch das Heft, das Pastor Kai ihr hinhielt, und las ein paar Zeilen.

„Laut, Elise“, sagte Peter. „Lies es doch laut vor.“

Das Mädchen schaute noch einmal in die Runde, räusperte sich und begann:

„Ich wartete geduldig den ganzen Frühling,
wissend, ihr Leben währt nicht lang.
Da erstand eine gefrorene blaue Blüte,
solch zartes Ding ...“

Sie verstummte und las für sich weiter, verhielt einen Moment und lächelte ein paar Mal. Offensichtlich las sie ein paar Zeilen, die ihr gut gefielen.

Plötzlich sah sie auf.

„Es ist schön! Es handelt von Gartenblumen, aber auch noch von etwas Anderem, nicht wahr? Es ist symbolisch gemeint.“

„Du bist tatsächlich eine Dichterin.“ Der Pastor lächelte. „Und genau da sitze ich auch fest. Ich brauche noch eine Zeile, die Hoffnung ausdrückt. Was reimt sich denn auf ‚Frühling‘?“

„Sing? Bring?“, schlug Kurt vor.

„Wie wär's mit hing?“, fragte Marianne.

„Nicht schlecht“, sagte Elise. „Aber es muss doch etwas mit Hoffnung zu tun haben.“

„Hoffnung?“, fragte Peter. Er hatte nicht viel am Hut mit Gedichten und tieferen Bedeutungen. „Ich dachte, es handelt von der Gartenarbeit.“

„Nun ja.“ Der Pastor nahm sein Heft zurück. „Das ist eigentlich das Gleiche. Ich habe im letzten Herbst Blumen gepflanzt und gehofft, dass welche aufblühen und etwas Farbe verbreiten. Wenn du die Dichtkunst magst, fällt dir alles Mögliche ein, das mit dem Pflanzen zu tun hat.

Alle Dinge, auf die man hoffen kann. Ihr wisst schon – Frühling, Frieden – oder dass die deutschen Soldaten endlich ihre Gewehre nehmen und nach Hause gehen."

„Kai", schimpfte seine Frau. „Erzähl den Kindern doch bitte nichts über den Krieg. Davon haben sie bestimmt genug."

„Ist schon in Ordnung." Elise lächelte Frau Steffensen an. Dann wandte sie sich an ihren Bruder. „Wir werden uns schon etwas einfallen lassen, nicht wahr, Peter?"

„Klar." Peter schluckte noch einen Bissen Brot mit Marmelade hinunter. „Blumen. Soll sich auf Hoffnung reimen."

„Nein", korrigierte Elise ihn. „Hoffnung ist wichtig, aber es muss sich auf Frühling reimen."

„Was auch immer."

Schon die ganze Zeit hatte Kurt ein wenig ungeduldig aus dem Küchenfenster geschaut. Jetzt räusperte er sich. „Wir müssen gehen." Er sah sich im Zimmer um, als ob er hier Spione vermutete. „Wir müssen den Piloten finden."

Der Pastor kratzte sich nachdenklich am Kinn. „Ach ja, der Pilot", murmelte er.

Seine Frau schaute ihn an. „Was für ein Pilot?", fragte sie.

Pastor Kai schaute zu Kurt hinüber, als ob er ihn um Erlaubnis bitten würde, ein Geheimnis zu erzählen. Kurt nickte.

„Es tut mir leid, Ruth", begann der Pastor. „Die ganze Zeit reden wir vom Dichten, dabei haben wir dir noch gar nicht erzählt, warum die Kinder eigentlich hier sind. Offensichtlich ist gestern

Nacht ein britisches Flugzeug in die Bucht gestürzt, und der Pilot wird noch vermisst."

„Vermisst?", fragte Frau Steffensen.

„Ja", sagte Kurt aufgeregt. „Und ich ... nein, wir glauben, dass wir wissen, wo er sich versteckt hält."

Die Frau des Pastors schlug die Hände zusammen. „Also das haben die Deutschen den ganzen Morgen über gesucht! Es sind ziemlich viele Lastwagen mit Soldaten vorbeigefahren." Dann sah sie Marianne und Elise an, die noch am Tisch saßen. „Ihr Mädchen solltet aber auf Kurt achten. Ich glaube nicht, dass eure Suche eine so gute Idee ist, wo all die Soldaten im Wald herumstreunen."

Marianne lächelte. „Ich glaube schon, dass wir ihn aus der Gefahrenzone heraushalten können."

Im Flur war plötzlich ein Geräusch zu hören, ein leises Husten. Alle drehten sich um und sahen, wie der kleine siebenjährige Sohn der Steffensens sich zu verstecken versuchte.

„Jakob", rief seine Mutter. „Was machst du denn dort draußen. Du belauscht uns doch nicht etwa? Ich dachte, dass du nebenan mit Olga spielst?"

Der kleine blonde Jakob kam zögernd aus seinem Versteck. Er sah schuldbewusst aus und schlug verlegen seine blauen Augen nieder. „Ich habe auch mit Olga gespielt, Mama. Aber plötzlich musste sie nach Hause."

„Also hast du uns doch belauscht?", fragte Pastor Kai. „Du hättest auch hereinkommen können."

„Es tut mir leid.“ Der kleine Junge blickte einen Moment auf seine Füße und schielte dann neugierig zu Peter und Elise. „Ich wollte doch unbedingt was von dem britischen Flugzeug hören.“

Der Pastor schüttelte mit einem resignierten Lächeln den Kopf. Auch Peter lächelte, als der Pastor seinen Sohn vorstellte.

Kurt hingegen drängte noch immer zum Aufbruch. „Wir müssen wirklich gehen“, mahnte er.

„Vielen Dank für das Brot und die Marmelade“, sagten Marianne und Elise beinahe im Chor.

„Ja“, sagte auch Peter. „Vielen Dank.“

Aber der kleine Jakob wollte sie nicht so schnell gehen lassen. „Wenn ihr unbedingt den Piloten finden wollt, warum betet ihr dann nicht einfach?“

Peter blieb einen Moment zögernd stehen. *Vielleicht hat das niemand gehört,* dachte er.

Als keiner etwas sagte, ging Jakob zu seinem Vater und zog ihn am Ärmel. „Warum beten sie denn nicht?“, fragte er wieder.

„Jakob.“ Der Pastor beugte sich zu ihm nieder. „Die Kinder wollen gerade aufbrechen. Ich bin sicher, sie werden beten.“ Er hielt die Hand seines Sohnes, während Elise, Marianne, Kurt und Peter sich zur Tür begaben.

„Nein, ich meine jetzt gleich“, beharrte der Junge. „Wir müssen doch nur beten, und Gott wird antworten. So ist es doch?“

„Nun, mein Sohn.“ Der Pastor suchte nach Worten. „Es ist nicht immer so leicht. Wenn unsere Gäste gegangen sind, unterhalten wir uns darüber.“

„Aber sie werden den Piloten nicht finden, wenn

sie nicht beten!“ Der kleine Junge war schier am Verzweifeln. Alle schauten ihn unschlüssig an. Peter fühlte sich an seinen Onkel Morten erinnert, der mit ihm über das Beten gesprochen hatte. Er hatte auch damals darauf bestanden zu beten, als sie in ihrer Wohnung Juden versteckt hatten. *Aber was wird der kleine Jakob denken, wenn trotz Betens nichts geschieht?*

Pastor Kai beugte sich zu seinem Sohn hinunter und sah ihm in die Augen. „Pass mal auf, Jakob, es ist nicht so einfach. Gott hat manchmal andere Pläne, oder er antwortet auf eine andere Weise. Es ist nicht ...“

„Aber du hast immer gesagt, dass wir über alles beten sollen!“ Jakob wollte seinen Gedanken nicht so schnell aufgeben.

Der Pastor sah zu den anderen hoch, seufzte und schaute wieder seinen Sohn an. Dann lächelte er. „Du hast ja Recht, Jakob. Wir sollten wirklich beten. Jetzt gleich? Dann fang du an.“

„Mach ich.“ Jakob setzte sofort wieder ein fröhliches Gesicht auf. Er faltete die Hände, beugte den Kopf und schloss die Augen. „Lieber Vater im Himmel, bitte hilf Kurt, Marianne und ... und ...“

„Ihren Verwandten“, flüsterte sein Vater.

„... und ihren Verwandten, diesen Engländer zu finden, der mit seinem Flugzeug abgestürzt ist. Mach doch bitte, dass ihn nicht die gemeinen Soldaten aufstöbern. Amen.“

Und das war’s. Pastor Kai stand auf, während Jakob fröhlich in die Runde schaute.

„In Ordnung“, erklärte der kleine Junge, als ob

nun schon alles geregelt sei. „Jetzt werdet ihr ihn finden.“

Peter lächelte und dachte noch einmal an Onkel Morten. *Wäre es nicht schön, wenn es so einfach wäre?* fragte er sich. „Sehen wir uns morgen in der Kirche?“, fragte Pastor Kai die Zwillinge, die sich daraufhin unsicher ansahen.

„Klar“, beantwortete Marianne für sie die Frage. „Und die beiden sind noch für den Rest der Sommerferien hier.“

„Wunderbar.“ Pastor Kai öffnete die Haustür. „Dann werden wir noch Zeit haben, an dem Gedicht zu arbeiten.“

Elise lächelte. „Das wäre schön.“

Beim Hinausgehen legte der Pastor seine knochige Hand auf Kurts Schulter. „Noch eines, Kurt. Ihr müsst mir versprechen, dass ihr den deutschen Soldaten aus dem Weg geht. Wenn ihr welche seht, dann lauft in die andere Richtung! Versprochen?“

„Wir versprechen es“, sagte Peter, ohne zu überlegen.

Kurt schaute zu ihm hinüber und dann wieder zum Pastor. „In Ordnung, wir versprechen es“, sagte er dann ebenfalls.

Peter trat gerade auf den Gartenpfad hinaus, als Jakob plötzlich einen Quietscher von sich gab. „Schaut mal!“, rief er und zeigte aufgeregt auf eine Gruppe etwas weiter entfernter Bäume. „Was ist denn das da?“

Mit ihren Blicken folgten sie dem Finger des kleinen Jungen bis zu dem Kiefernwäldchen auf der anderen Seite der Wiese des Pfarrhauses.

Als Peter erkannte, was Jakob entdeckt hatte, stockte ihm der Atem. Ein Fallschirm! In den Ästen eines Kiefernbaumes hatte sich ein Fallschirm verfangen!

Sie liefen alle quer über die Wiese zu dem Kiefernbaum hinüber. Auch der Pastor kam mit. Als sie dort ankamen, sahen sie, dass der Fallschirm in den oberen Ästen einer Kiefer hängen geblieben war. An einem der sich weiter unten befindenden Äste hing ein Kanister. Peter wurde klar: Sie waren auf dem Hinweg direkt an dem Baum vorbeigelaufen, ohne den Fallschirm zu bemerken!

„Was ist das?“, fragte Marianne, während sie hinauf in das Gewirr von Fallschirm, dünnen Seilen und Kanister starrten.

„Sieht aus wie ein Versorgungsabwurf. Vielleicht von dem abgestürzten Flugzeug“, sagte Pastor Kai. „Meinst du nicht auch, Kurt?“

Kurt beschattete mit der flachen Hand seine Augen. „Mein Bruder hat etwas von einem Funkgerät gesagt. Ich nehme an, dass es das hier ist.“

„Es gibt nur einen Weg, um sicherzugehen“, sagte Peter und zog sich bereits an den unteren Ästen der Kiefer hoch. Eine Minute später war er oben im Baum und entwirrte den Fallschirm aus den Zweigen. Gleichzeitig machte er sich über den Kanister her. Dieser hatte die Größe eines kleinen Abfalleimers und war relativ leicht an Gewicht.

„Vielleicht ist er leer“, rief Peter hinunter, während er sich mit einer Hand festhielt.

„Bitte pass auf“, rief Elise ihrem Bruder zu.

Einige Minuten später hatte Peter endlich den Fallschirm freibekommen und ließ den Kanister vorsichtig zur Erde hinunter.

Pastor Kai sah sich nervös um, aber es war niemand zu sehen. „Kommt mit", sagte er dann. „Wir können dieses Ding nicht hier draußen öffnen. Wir wissen nicht, ob wir ungebetene Gäste bekommen." Er schnappte sich den Kanister, packte ihn sich unter den Arm und ging voraus in Richtung Pfarrhaus. Marianne und Kurt folgten. Sie trugen den Fallschirm und die Seile.

„Frau Steffensen wird das gar nicht gefallen", murmelte der Pastor. „Wir werden jedenfalls im Keller einen Platz dafür finden, zumindest bis jemand das Ding abholt."

Das *Ding* entpuppte sich wirklich als Funkgerät. Es war sorgfältig mit Stroh gepolstert in den Kanister gepackt. Außerdem befanden sich in dem Behälter noch ein Kopfhörer, Batterien und sogar eine Signallampe zum Morsen. Groß war das Staunen, als der Pastor den Inhalt des Kanisters auf dem Küchentisch ausbreitete.

„Aber Kai!" Frau Steffensen schlug die Arme übereinander. „Wir können diese Sachen doch nicht im Haus behalten."

Der Pastor sah Marianne und Kurt an. „Euer Bruder Mikkel weiß bestimmt, was man mit diesem Funkgerät anfängt."

Die Geschwister nickten.

Offensichtlich weiß Pastor Kai, dass Mikkel im Untergrund mitarbeitet, dachte Peter.

„Dann werden wir die anderen Sachen im Keller verstecken, Ruth", sagte der Pastor, packte den Fallschirm und die Seile zusammen und gab sie seiner Frau. „Vielleicht kannst du dir daraus ein neues Kleid schneidern." Er lächelte, aber seine Frau runzelte lediglich die Stirn. „Und das Funkgerät – ich kann mir vorstellen, dass wir jemandem damit eine große Freude machen können ..."

Dann schaute er seinen Sohn an, der mit offenem Mund das Funkgerät anstarrte. „Na ja, Jakob, den Engländer haben wir zwar noch nicht gefunden, aber immerhin sein Funkgerät. Das ist doch auch schon etwas, nicht wahr?"

Der kleine Junge wandte sich voller Stolz an Peter. „Siehst du", sagte er. „Ich habe gebetet. Gott kann alles. Wir werden den Engländer auch noch finden."

Peter schüttelte lächelnd den Kopf. *Vielleicht hat dieser kleine Junge Recht,* dachte er. Nach dem, was er in den letzten 24 Stunden erlebt hatte, kam es ihm gar nicht so unwahrscheinlich vor.

5. Straßensperre

„Habt ihr auf dem Weg hierher deutsche Patrouillen gesehen?", fragte Pastor Kai.

Sie befanden sich in der Garage des Pfarrhauses, und der Pastor war gerade dabei, das Funkgerät in einen Karton zu verpacken. Obendrauf legte er Decken und gebrauchte Kleidung und verschnürte das Paket dann sorgfältig mit einer Schnur. Es war ein bisschen groß und unförmig für den Transport auf dem Fahrrad, aber sie schafften es trotzdem ganz gut, es auf dem Gepäckträger von Pastor Kais Fahrrad zu befestigen.

Marianne gab die Antwort: „Im Wald waren Soldaten mit Hunden."

„Aber auf der Straße waren keine", ergänzte Kurt.

„Gut", erwiderte der Pastor. „Ich glaube nicht, dass wir ihnen mit unserer Fracht begegnen wollen." Er wand die Schnur noch einmal um das Paket und zog den Knoten fest. „So, das müsste halten. Das Paket bleibt zu, bis wir es eurem Bruder gegeben haben."

Obwohl seine Frau protestiert hatte, hatte der Pastor darauf bestanden, das Funkgerät sofort zu Mikkel zu bringen. „Die Fahrt ist nicht anstrengend", hatte er gesagt und kein Mensch wird sich darüber wundern, dass ein Pastor einer Familie aus seiner Gemeinde einen Besuch abstattet und dabei auch noch ein Paket mitbringt. Noch dazu, wenn vier junge Leute mit dabei sind."

Nun waren sie startklar.

„Kommt, Kinder", sagte der Pastor. „Auf geht's!"

Peter mochte die Lässigkeit des Pastors. Trotzdem machte er sich auch ein wenig Sorgen. Er war es nicht gewöhnt, dass ein Pastor sich so sehr engagierte.

Kurt fuhr an der Spitze, hinter ihm kam Pastor Kai, dann Peter, Elise und schließlich Marianne. Die Mädchen unterhielten sich nervös und lächelten, aber Peter wurde immer angespannter. *Was wird passieren, wenn sie uns anhalten?* fragte er sich. Obwohl sie auf dem Weg ins Dorf keine Soldaten auf der Straße gesehen hatten, musste das noch lange nicht heißen, dass sie nicht dort waren. Die deutschen Soldaten in Helsingør hielten oft wahllos Menschen auf der Straße an, die sich dann ausweisen mussten oder durchsucht wurden. *Meistens sind die Deutschen nicht besonders umgänglich,* dachte er. Er hasste Kontrollen. Und das Gefühl, dass etwas passieren würde, wurde stärker.

„He, Peter", rief Kurt. „Wetten, dass ich als erster um die nächste Biegung bin?"

Die nächste Biegung der Straße lag ein paar hundert Meter vor ihnen, mitten in einem kleinen Wäldchen. Peter wusste, dass Kurt schnell in die Pedale treten konnte, aber er war auch nicht ohne.

„In Ordnung", nahm Peter die Wette an. „Bei drei. Eins, zwei ..."

„... drei!", rief Kurt, und die beiden spurteten

los, so schnell die hölzernen Reifen es ihnen erlaubten. Der Kiesweg war hier besonders uneben und die Fahrt sehr holperig. Peter gelang es, sich an die Spitze zu setzen. Er war schließlich etliche Radlängen voraus und schon fast bis zu der Biegung gekommen, als er sich nach Kurt umdrehte. Er sah, wie er auf einem steinigen Stückchen die Kontrolle über sein Rad verlor und ins Schleudern kam. Er musste anhalten. „Du hast gewonnen!“, schrie er Peter hinterher. Peter hatte jetzt das Wäldchen erreicht. Er schaute wieder nach vorne, raste um die Biegung ... und hielt erschrocken die Luft an. Am Straßenrand sah er einen Wagen der deutschen Armee. Zwei Soldaten lehnten dagegen und rauchten eine Zigarette. Dann sahen sie den Jungen kommen.

Peter wurde vor Schreck kreidebleich.

Er hätte am liebsten gewendet, wäre zurückgefahren und hätte den Pastor gewarnt, damit der schnell nach Hause fahren konnte. Aber das war natürlich albern. Er hatte diese Militärfahrzeuge schon hundertmal gesehen. Trotzdem wurden ihm die Hände feucht. Er versuchte sich ganz normal zu verhalten, hielt an, stieg von seinem Rad und fummelte an der Fahrradkette herum. *Wo bleiben sie bloß?* dachte er. *Sie müssten langsam aufgeholt haben.*

Peter hörte seine Schwester lachen. *Sie kommen!* Kurt erzählte gerade wieder einen seiner schrecklichen Witze.

„Und dann“, vernahm Peter die laute Stimme seines Cousins, „jetzt kommt der lustige Teil. Als die Molbos in ihr Dorf zurückkamen ..." Er hielt mitten im Satz inne, als er die Soldaten erblickte. Die anderen sahen sie ebenfalls alle zur gleichen Zeit.

Peter stieg wieder auf sein Rad und versuchte, nicht hochzuschauen. Es war zu spät, er konnte nichts mehr tun.

Die anderen kamen auf seine Höhe. „Ignoriert sie einfach", flüsterte Pastor Kai. „Fahrt weiter und ignoriert sie."

Das taten sie auch, so gut es ging. Sie versuchten so zu tun, als wären die Soldaten nicht da, aber Peters Knöchel standen weiß hervor, weil er den Lenker so fest umklammerte.

„Was haben die Molbos denn nun getan, als sie wieder in ihr Dorf kamen?", fragte Marianne plötzlich.

Ist die mutig, dachte Peter.

Sie waren fast am Auto angelangt, und die Soldaten lehnten noch immer lässig gegen ihren Wagen. Kurt gab seiner Schwester keine Antwort.

„Guten Tag", grüßte der jüngere der Soldaten mit lauter Stimme. Dann wiederholte er seinen Gruß auf dänisch.

Keiner der Radfahrer sagte etwas, sie schauten nur starr geradeaus. Ohne seinen Kopf zu bewegen, schielte Peter zu seiner Schwester hinüber. Ihre Lippen waren fest aufeinandergepresst, und sie sah ziemlich nervös aus.

Einen Moment später waren sie um die Biegung gefahren, und die Soldaten waren außer Sicht. Sie atmeten auf.

„Mir gefällt das nicht“, sagte Marianne. „Warum tun sie bloß immer so, als ob sie wahnsinnig freundlich wären?“

„So sind sie nun einmal“, sagte Pastor Kai. „Wir sollen ihnen dankbar dafür sein, dass sie in unser Land gekommen sind. ‚Ist es nicht normal unter Nachbarn, dass man sich hilft?‘, sagen sie. Und wundern sich, wenn man ihnen die kalte Schulter zeigt.“

Er hatte gerade zu Ende gesprochen, als Peter, der wieder an der Spitze fuhr, etwas noch Schlimmeres sah. Dieses Mal waren es zwei deutsche Lastwagen und ein Motorrad. Eine Straßensperre!

Peter blickte über die Schulter zurück, aber er brauchte die anderen nicht zu warnen. Er konnte das leise Stöhnen des Pastors hören. Und um die Sache schlimmer zu machen, kam hinter ihnen ein Armeewagen angebraust. Es war der, den sie am Straßenrand gesehen hatten. Einer der Soldaten lehnte sich aus dem Seitenfenster. Es war der, der sie gegrüßt hatte.

„Weiter!“, rief der Soldat auf deutsch und winkte mit dem Arm. Peter wusste, was das Wort bedeutete. Der Wagen hielt hinter ihnen an.

Dieses Mal lächelte der Pastor die Deutschen an und winkte zurück. „Ich glaube, er will, dass wir weiterfahren. Also los!“, murmelte er.

Elise und Kurt versuchten, so unbedarft wie möglich auszusehen und traten schneller in die Pedale. Der Pastor mit seinem gefährlichen Paket auf dem Gepäckträger tat dasselbe. Peter und Marianne mit ihm auf gleicher Höhe. Der

Armee-Wagen hatte sich wieder in Bewegung gesetzt und rollte langsam hinter ihnen her.

‚Weiter!' ist gut, dachte Peter erbost. Wenn sie ein wenig früher losgefahren wären, hätte der Pastor noch wenden und nach Hause fahren können. Jetzt jedoch saßen sie fest. Direkt vor ihnen war die Straßensperre.

Der Pastor blickte Peter und Marianne kurz an, während sie auf die Straßensperre zufuhren. Es sah wirklich so aus, als würde er mit vier Kindern eine Radtour machten.

„Vergesst nicht", sagte der Pastor so leise, dass Peter ihn kaum hören konnte. „Ihr wisst nichts von meinem Paket. Habt ihr verstanden?"

Peter nickte. Er hatte wieder feuchte Hände.

Elise sagte nur ein Wort, als Peter ihr einen Blick zuwarf. Sie sagte es tonlos, aber er verstand es trotzdem: „Bete!"

Peter schaute wieder auf die Straße. *Ist wirklich erst eine Stunde vergangen, seit der kleine Jakob darauf bestanden hatte, dass wir beten? Der* Sohn des Pastors war sich so sicher gewesen, Onkel Morten hatte auch immer dieses Vertrauen.

Vor ihnen hob ein junger deutscher Soldat die Hand, damit sie anhielten. Die Bremsen des Autos hinter ihnen quietschten, der Wagen blieb ebenfalls wieder stehen.

„Ihren Ausweis bitte", sagte der Soldat und streckte die Hand aus. „Ihre Papiere." Das war an den Pastor gerichtet.

Die Kinder waren alle noch unter sechzehn und mussten daher noch keine Ausweispapiere bei sich führen. Sie blieben statt dessen nervös auf ihren Rädern sitzen.

Pastor Kai zog seine Papiere aus der Hosentasche und reichte sie dem Deutschen.

Es war nicht das erste Mal, dass Peter eine Kontrolle miterlebte, aber er war noch nie so nervös gewesen. Ohne sich zu bewegen, betete er: *Gott, du musst Pastor Kai beschützen. Bitte hilf uns durch diese Kontrolle hindurch, ohne dass die Deutschen das Funkgerät entdecken!*

Der Deutsche schaute auf das kleine Passbild im Ausweis, dann auf den Pastor und wieder auf das Bild. Schließlich war er zufrieden und gab den Ausweis zurück. Dann entdeckte er das große Paket auf dem Gepäckträger.

„Was ist das?", fragte er auf Deutsch, wobei er mit dem Finger deutete.

Pastor Kai setzte ein Gesicht auf, als ob das Paket nur Wäsche enthielt. „Ach das", sagte er und winkte ab. „Da ist Kleidung drin. Eine Gabe für ein bedürftiges Gemeindemitglied."

Und das war wirklich nicht gelogen, in dem Paket befanden sich ja auch ein paar Kleider. Er versuchte, dem Deutschen zu erklären, indem er das dänische Wort für Kleidung benutzte, dabei an seinen eigenen Sachen zog und dann auf das Paket zeigte.

Aber der Soldat war nicht zufrieden. „Das möchte ich mir einmal ansehen", sagte er.

„Bitte öffnen Sie!" Peter konnte gar nicht hinschauen. Während der Pastor an der Schnur zog, betete er noch fester. *Bitte, Gott! Tu etwas!*

Pastor Kai hatte kaum die Schnur gelöst und

begonnen, den Karton zu öffnen, als ein weiterer deutscher Wagen angefahren kam, diesmal eine große schwarze Limousine mit Hakenkreuz-Flaggen am Kotflügel. Ein hoher Offizier!

Der deutsche Soldat, der Pastor Kais Paket untersuchen wollte, nahm Hab-Acht-Stellung ein und schaute gar nicht mehr hin, als Pastor Kai ein Hemd aus dem Paket zog. Nach dem Gruß sah er wieder zu der Gruppe verängstigter Dänen. Er hielt kurz inne, schaute zu der Limousine und winkte dann. „Fahren Sie weiter!“, befahl er.

Peter gehorchte nur zu gerne. Pastor Kai stopfte das Hemd in das Paket zurück, verknotete die Schnur wieder und schwang sich auf sein Rad.

„Wir sollen weiterfahren“, flüsterte er. „Also los!“

Das brauchte er nicht zweimal zu sagen. Es fiel kein Wort, bis sie die Straßensperre weit hinter sich gelassen hatten. Irgendwann fuhr auch das große schwarze Auto an ihnen vorbei, ohne sie zur Kenntnis zu nehmen.

„Was hätten Sie getan, wenn die Deutschen gesehen hätten, was wirklich in dem Paket ist?“, fragte Peter den Pastor.

„Ich weiß es nicht genau“, erwiderte Pastor Kai. „Aber ich habe gebetet. Du nicht auch?“

Peter nickte. „Ja.“ Es war ein ungewohntes, aber ein gutes Gefühl.

„Ich weiß, dass es sich komisch anhört“, sagte Elise und fuhr näher an den Pastor und ihren Bruder heran. „Aber ich hatte die ganze Zeit über das Gefühl, dass die Soldaten das Funkgerät nicht finden würden. Ich wusste es einfach.“

Komisch, dachte Peter, während sie die lange Auffahrt zum Ringsted-Hof hinauffuhren, *aber mir ging es genauso.*

* * *

In der Küche des Hauses war es beinahe wie Weihnachten, als der Pastor das Paket auf dem großen Tisch auspackte.

„Erzählt uns die Geschichte, wie ihr das Ding gefunden habt", sagte Onkel Harald. Er war draußen auf den Feldern gewesen und wollte nun genau erfahren, was passiert war.

„Das hättest du erleben müssen, Papa", sagte Marianne. „Der kleine Jakob hat uns belauscht, als wir uns in der Küche unterhalten haben. Und dann kam er herein und wollte unbedingt beten."

„Ja", unterbrach Kurt. „Und zuerst wollte keiner so richtig, weil es so ... weil wir dachten ... na ja, du weißt schon. Aber dann sagte Pastor Kai, dass Jakob Recht hatte und wir beten sollten."

„Nicht so schnell!", lachte Onkel Harald. „Ich habe es verstanden." Dann schaute er Peter an. „Und ihr habt auch wirklich gebetet?"

„Das haben wir getan", fuhr Kurt fort. „Jakob hat sein eigenes Gebet gesprochen, als wüsste er genau, worum es ging. Nach dem Gebet sind wir nach draußen gegangen, und da hing es – einfach so. Peter ist auf den Baum geklettert und hat den Fallschirm und den Kanister runtergeholt. Und hier ist es – das Funkgerät."

Marianne schaute ihren Bruder an. „Aber es

war gar nicht so einfach, es hierher zu bringen, vergiss das nicht."

Peter wollte eigentlich gar nicht mehr an die Straßensperre erinnert werden und hoffte, sie könnten diesen Teil der Geschichte übergehen. Aber dann begann Pastor Kai zu erzählen.

„Nein, es war wirklich gar nicht so einfach", sagte der Pastor. „Und da muss ich mich entschuldigen. Ich dachte, ich könnte das Funkgerät problemlos zu Mikkel bringen. Ich habe in dieser Gegend ja auch noch nie eine Straßensperre gesehen ..."

„Straßensperre?" Tante Hanne zog die Augenbrauen hoch. „Ihr seid auf eine Straßensperre getroffen?"

„Ja", erzählte der Pastor weiter. „Und ich bin mir sicher, dass es mit dem vermissten Piloten zu tun haben muss." Dann lächelte er wieder. „Aber die Kinder haben gebetet, und wir sind durchgekommen. Nicht wahr, Peter?"

Warum werde ich immer gefragt, wenn es ums Beten geht? dachte Peter. Er schaute zuerst auf den Boden und dann wieder hoch. „Ja, wir haben gebetet", bestätigte er dann mit zögerlicher Stimme. „Ich glaube, dass es ..."

Er machte eine kleine Pause. Tante Hanne schaute ihm in die Augen. „Du glaubst ...?", hakte sie nach.

„Nun, ich glaube, dass es etwas genützt hat", beendete Peter seine Gedanken und drehte sich zur Tür.

Gerade in diesem Moment kam Mikkel herein. Er war schmutzig, verschwitzt und sah aus, als ob er durch einen Graben gekrochen wäre. Er machte ein noch grimmigeres Gesicht als sonst.

Peter versuchte, ihm aus dem Weg zu gehen, aber er bewegte sich in die falsche Richtung, und die beiden stießen zusammen.

„Entschuldige“, sagte Peter.

Mikkel grunzte nur und quetschte sich an Peter vorbei in die Küche.

„Was gefunden?“, fragte Kurt seinen Bruder.

„Nichts, überhaupt nichts.“ Mikkel spuckte die Worte förmlich aus. „Ich weiß nicht, wo dieser dumme Pilot ist, geschweige denn, warum er sich überhaupt versteckt. Ich weiß nur, dass dort draußen zu viele Deutsche rumlaufen.“

Pastor Kai machte sich von der anderen Tischseite her bemerkbar: „Wir sind selber welchen begegnet.“

Mikkel schaute an Peter vorbei und sah erst jetzt den Pastor. „Ach Pastor Kai, ich hatte nicht gesehen, dass Sie da sind.“ Dann bemerkte er, dass sein Vater in der Küche war und nicht auf den Feldern. Und schließlich entdeckte er das kleine Funkgerät auf dem Tisch und bekam große Augen. „Was ist hier los?“

„Schau mal, was wir gefunden haben, großer Bruder“, sagte Kurt und hielt das Gerät hoch. „Gut, was?“

„Sei ja vorsichtig damit“, sagte Mikkel. Er trat an den Tisch und nahm Kurt das Funkgerät aus der Hand. Aber offensichtlich freute er sich. Er drehte das Gerät in den Händen und begutachtete es von allen Seiten. „Ich kann es nicht glauben! Wir haben gedacht, das Ding sei verloren gegangen oder die Deutschen hätten es gefunden. Wir wussten lediglich, dass es vor dem Absturz abgeworfen worden sein musste, denn es war nicht im Flugzeug."

„Nun", sagte Onkel Harald, „jetzt ist es hier. Ich schlage vor, du stellst es weg, damit deine Mutter den Küchentisch wieder benutzen kann."

Schnell packte Mikkel das Funkgerät wieder in den Karton und verschwand damit durch die Hintertür.

Tante Hanne stellte ihren großen Suppentopf auf den Herd und suchte die Zutaten für einen Eintopf zusammen: Karotten, Kohl, Bohnen und Frühkartoffeln aus dem Garten. „Wollen Sie zum Essen bleiben, Herr Pastor?" fragte sie. „Es wird noch eine Weile dauern, aber Sie sind herzlich eingeladen."

Pastor Kai zögerte und warf einen Blick auf seine Armbanduhr. „Ich würde annehmen, aber ich fürchte, ich muss heute nein sagen. Meine Frau erwartet mich, und sie würde sich bestimmt Sorgen machen. Und ich muss gestehen, dass ich noch etwas an meiner Predigt für morgen arbeiten muss."

„Das verstehe ich." Tante Hanne fing wieder an zu schälen. „Vielleicht morgen, nach dem Gottesdienst?", fragte Onkel Harald. Er war schon wieder an der Tür und wollte offensichtlich hinaus auf die Felder. „Hannes Eintopf ist am zweiten Tag noch viel besser. Sie könnten auch ihre Familie mitbringen."

Pastor Kai lächelte. „Ist die Köchin damit einverstanden?", fragte er mit einem Blick auf Tante Hanne.

„Aber selbstverständlich, Herr Pastor." Sie lächelte und nickte.

„Wie kann ich dann nein sagen? Also, wir kommen dann nach dem Gottesdienst."

Die Männer gingen zur Tür hinaus. Onkel Harald drehte sich noch einmal um. „Ich bin um halb sieben wieder hier", sagte er zu Tante Hanne.

„Essenszeit?", fragte Elise die Tante.

„Nein", erwiderte Tante Hanne. „Dann kommt BBC." Sie lächelte ihre Nichte an. „Dein Onkel würde das um nichts in der Welt verpassen."

Mikkel auch nicht. Nachdem er mit seinem Vater und den Kindern noch zwei Stunden an dem Zaun gearbeitet hatte, kam er kurz vor halb sieben wieder in die Küche gestapft. Dabei wischte er sich den Schlamm von den Händen. Die anderen waren alle schon etwas früher gekommen, nachdem sie sich an der Pumpe im Hof gewaschen hatten.

Tante Hanne warf ihrem ältesten Sohn einen strengen Blick zu. „Auch wenn du schon neunzehn Jahre alt bist, Mikkel, musst du dich dennoch wie alle anderen waschen."

„Mutter!", sagte Mikkel. „Es fängt gleich an!"

Kurt winkte Elise und Peter zu sich ins Wohnzimmer. Onkel Harald hatte sich bereits neben das große, aus Mahagoniholz gefertigte Radio in der Ecke gesetzt.

„Deine Mutter hat recht, Mikkel", stimmte Onkel Harald zu und schaute seinen Sohn über die Schulter hinweg an. „Du solltest wenigstens das

Schlimmste abschrubben." Dann wandte er sich wieder dem Radio zu und drehte am Knopf, während Mikkel hinaussprintete.

Peter hatte den Eindruck, als würde er in einem Theater sitzen und auf das Öffnen des Vorhangs warten, anstatt in einem kleinen Bauernhaus vor einem Radioapparat. Alle saßen auf ihren Stühlen und warteten auf den bekannten Anfang der britischen Radiosendung, die sie über den Krieg und das, was in der restlichen Welt vor sich ging, informieren würde.

Aber was sie zu hören bekamen, war dröhnendes Geräusch, ein lautes, irritierendes Brummen.

„Oh weh, die Deutschen stören schon wieder", stöhnte Kurt. Mit frisch gewaschenen und tropfenden Händen stürmte Mikkel herein. „Wie ist der Empfang?", fragte er. Er bekam keine Antwort, aber er hörte das laute Brummen. „Fürchterlich!"

„Pst!", machte Onkel Harald. „Ich will es noch mal versuchen." Alle waren still, während er wieder am Radioknopf drehte.

Marianne bewegte sich zu Elise hinüber und zeigte auf eine Landkarte Europas, die Onkel Harald an die Wand über dem Radio gehängt hatte. Sie zeigte den europäischen Kontinent. „Wenn er etwas Neues vom Krieg erfährt, steckt er kleine Nadeln in die Karte. Dorthin, wo etwas passiert ist. Wir müssen während der BBC-Radiosendung immer mucksmäuschenstill sein. Es ist entsetzlich langweilig."

Ihr Vater legte den Finger auf die Lippen. „Schhh! Ich hab es."

Und richtig. Peter vernahm die Anfangstakte von Beethovens Fünfter Symphonie, dem Erkennungszeichen der BBC-Nachrichten. Tante Hanne rieb sich die Hände.

„Hier ist die BBC London“, sagte der Moderator auf dänisch. „Wir senden nach Dänemark.“

Peter kannte das Programm. Oft stellte auch sein Vater zu Hause in Helsingør das Radio an, wenn auch nicht regelmäßig. Für viele Menschen im von den Deutschen besetzten Dänemark war die BBC die einzige Informationsquelle, aber auch eine Quelle der Hoffnung auf bessere Zeiten ohne Krieg.

Onkel Harald lauschte jedoch so konzentriert. Peter ahnte, wie wichtig das Radio für ihn war.

„Heute Abend“, sagte der Moderator, „bringen wir eine Sondersendung des Premierministers von Großbritannien, Winston Churchill ...“

„Churchill persönlich!“ Onkel Harald klatschte in die Hände. Offensichtlich freute er sich, dass er nun den britischen Politiker hören sollte. Dann war es im Zimmer ruhig, lediglich die Radiostimme des Premierministers war zu hören. Peter und Elise versuchten, der Ansprache zu folgen. Churchill sprach über Hitler, die Russen, die Franzosen, über den schrecklichen Krieg und über schwere Schlachten. Aber es war für sie diesmal schwer, alles zu verstehen, denn Churchill redete auf englisch. Also saßen die Zwillinge höflich da und versuchten interessiert auszusehen.

Peters Gedanken schweiften ab. Er dachte wieder an den Wald und den britischen Piloten.

Der Pilot müsste heute Abend hierher kommen. Er könnte uns Churchills Ansprache übersetzen.

Marianne kicherte plötzlich über irgendetwas, was ihr einen strafenden Blick ihres Vaters einbrachte. Das Mädchen schaute verlegen nach unten.

Peter konzentrierte sich wieder auf die Rede des britischen Premierministers. „Ganz Europa wird sich gegen die nationalsozialistische Tyrannei Adolf Hitlers aufbäumen“, sagte Churchill im Radio. „Was jetzt in Dänemark geschieht, ist nur ein Beispiel dafür. Wir wollen alle nach vorne schauen. Lasst uns zusammenstehen und ...“

Die Gesichter der Zuhörer hellten sich bei der Erwähnung Dänemarks auf. Peter hatte allerdings nicht verstanden, was Churchill davor gesagt hatte.

Plötzlich schaltete sich wieder das Störgeräusch ein. Onkel Harald drehte erneut am Knopf des Radiogerätes, aber es gelang ihm nicht, die englische Stimme wieder hereinzuholen. Schließlich gab er auf und schaltete das Gerät aus. „Das war's wohl. Wenigstens haben wir den Teil über Dänemark noch gehört.“ Einen Moment später verließ Onkel Harald zusammen mit Mikkel den Raum.

Tante Hanne ging in die Küche, um das Essen fertig zu machen. „Das Essen ist in zwei Minuten fertig, Harald“, sagte sie. „Geht nicht zu weit weg.“ Dann wandte sie sich an die vier Kinder, die noch im Wohnzimmer saßen. „Können wir essen? Es ist heute ein bisschen spät geworden ...“

„Wir sind so weit, Mama", sagte Marianne und erhob sich. Kurt räusperte sich. „Bürger von Dänemark", sagte er in bestem Churchill-Tonfall. „Diesen Kampf müssen wir zusammen kämpfen!"

Marianne nahm ein Kissen vom Sofa und warf es nach ihm, aber Kurt duckte sich.

„Also Bürger von Dänemark", fuhr er fort, „wir müssen zusammen kämpfen, und vor allen Dingen müssen wir den britischen Piloten finden. Euer furchtloser Anführer Kurt Ringsted wird euch zu dem Ort bringen, wo sich dieser unglückliche Mann versteckt hält."

Peter und Elise grinsten, als sie aufstanden. Aber innerlich lächelte Peter nicht. Für seinen Cousin war das alles vielleicht lediglich ein guter Spaß. Aber die Suche nach einem vermissten Piloten, deutsche Soldaten, Straßensperren – das machte ihn nervös. Ja, irgendwie hatte er auch Angst. Und er fragte sich, ob es Elise ähnlich ging.

6. Eine überraschende Entdeckung

„Wir haben nicht genug Fahrräder für uns alle“, sagte Onkel Harald. „Deswegen gehen wir heute morgen zu Fuß zum Gottesdienst. Das haben wir zwar schon lange nicht mehr gemacht, aber wir werden bestimmt nicht länger als eine halbe Stunde brauchen.“

Sie hatten sich ihre Sonntagskleider angezogen. Elise trug das Sommerkleid, das ihre Mutter für sie genäht hatte, und Peter hatte sein steifes weißes Hemd an. Er mochte es nicht besonders, aber er konnte ja schließlich nicht in seiner Alltags-Kleidung in die Kirche gehen. Sogar Mikkel war frisch geschrubbt und fein angezogen.

Der Spaziergang ins Dorf war sehr angenehm. Onkel Harald erzählte Geschichten von Schafen, die sich verirrt hatten, und von dem Widder, der ihn von hinten über den Weidezaun gestoßen hatte. Das Gelächter war groß, und in ihrer guten Laune versuchten sie, die allgegenwärtigen deutschen Armeelastwagen zu übersehen. Es schienen mehr als sonst zu sein. Außerdem waren auch jede Menge Soldaten unterwegs.

„Sie suchen ihn immer noch“, raunte Mikkel. „Es ist Sonntagmorgen, und die suchen tatsächlich immer noch nach dem Engländer!“

Tante Hanne schaute sich mit einem besorgten Blick um. Dann sah sie ihren Mann an. Onkel Harald nickte. „Deshalb sind so viele Deutsche hier“, sagte er zu Mikkel. „Seit dem Absturz ist schon ein ganzer Tag vergangen. Der Pilot muss sich beeilen, wenn er von hier weg will.“

Kurt zwinkerte Peter zu und stieß ihm mit dem Ellbogen in die Rippen. Peter tat, als merke er nichts.

„Lasst uns nicht darüber nachdenken“, unterbrach Tante Hanne. „Heute ist Sonntag!“

In der alten Kirche von Ho gab es für Peter viel zu sehen. Sie hatten auf den Bänken Platz genommen und warteten nun auf den Beginn des Gottesdienstes. Noch immer kamen Leute leise in die Kirche. Marianne, die links neben Peter saß, zeigte zur Decke, wo die hohen weißen Stuckwände in das Dachgewölbe übergingen. Peter wurde schwindelig, als er dort hinaufblickte.

Mit Ausnahme des ungewöhnlichen hölzernen Kirchturms sah die Kirche von Ho wie eine typische dänische Kirche aus. Sie hatte ein rotes Ziegeldach und kleine runde Fenster. Die Kirche war alt, vielleicht mehrere hundert Jahre, obwohl es in anderen Teilen des Landes ältere gab. Es war eine ziemlich kleine Kirche, was kein Wunder war, denn Ho war eben auch ein kleiner Ort.

Elise lehnte sich zu Peter hinüber und flüsterte ihm ins Ohr:

„Da ist Pastor Kai.“

Der mit einer schwarzen Robe bekleidete Mann war durch eine Seitentür gekommen und stieg die steilen Stufen zur Kanzel hinauf. Die Kanzel sah eher aus wie der Mastkorb auf einem Schiff.

Als Peter den Pastor erblickte, fragte er sich, wie der Mann den ornamentalen Pastorenkragen ertrug. Der sah so aus, als hätte jemand in einen Stapel Papierteller ein gerade um den Hals eines Menschen passendes Loch geschnitten. *Das Ding ist bestimmt furchtbar lästig,* dachte Peter. In diesem Moment räusperte sich Pastor Kai und begann auf seine langsame, einfache Art zu sprechen. Der Junge vergaß den unangenehmen Kragen schnell.

„Ich denke, Sie haben alle davon gehört, was Freitagnacht in der Bucht von Ho passiert ist." Pastor Kai sah in die Gesichter seiner Gemeindemitglieder, ungefähr fünfzig Menschen. Die meisten kamen, wie Peter unschwer erkennen konnte, aus Bauernfamilien. Es waren viele ältere Leute anwesend, aber auch eine ganze Reihe Kinder.

Nach einer Pause fuhr der Pastor fort: „Viele von uns sind tief betroffen und würden alles tun, um unseren ... Freunden zu helfen. Während ich über das Geschehen nachdachte, auch darüber, was es für uns Dänen bedeutet, während ich darüber auch betete, standen plötzlich viele Dinge wieder vor meinem inneren Auge. Wie hat die Besetzung unseres schönen Landes durch die Deutschen unser Leben verändert, wie hat sie uns gedemütigt. Wir wurden gezwungen, beim Bau von Befestigungen und Bunkern an unserer Küste zu helfen, die die Deutschen als Bollwerk gegen die Engländer errichteten. So ist das nun einmal in einem Krieg. Es handelt sich um ein trauriges Kapitel unserer Geschichte. Aber dennoch gibt es Hoffnung. Es gibt sehr viel Hoffnung! Ich habe die Vorstellung, dass der englische Pilot ..." Er unterbrach sich. „Lasst uns in der Bibel nachsehen, wie wir als Christen in einer solchen Situation reagieren könnten. Mir fällt eine Begebenheit ein, wo so etwas Ähnliches passiert ist."

Er schlug die große Kirchenbibel auf und begann daraus zu lesen. Es war die Geschichte von David und seinem besten Freund Jonathan.

„Wir kennen diese Geschichte aus dem Alten Testament gut", fuhr Pastor Kai fort, nachdem er einige Verse gelesen hatte. „Unser Freund David ist noch kein König, aber er ist bereits ein erfolgreicher Soldat. Als König Saul David nach dem Leben trachtet, muss Jonathan eine schwere Entscheidung treffen, denn er ist König Sauls Sohn, gleichzeitig aber auch Davids bester Freund. Er weiß, wo David sich versteckt hält. Wenn er es seinem Vater erzählt, wird dieser David töten. Und es gab viele, die wollten, dass Jonathan alles erzählt." Er lehnte sich ein wenig zurück und seine Stimme wurde lauter. „Wie sah Jonathans Entscheidung aus? Gehorchte er der Obrigkeit und verriet Davids Versteck oder hielt er fest und unerschütterlich zu seinem Freund?"

Es entstand eine lange Pause. Peter dachte über Menschen nach, die sich aus Angst um ihr Leben verstecken mussten. Henrik fiel ihm ein, *sein* bester Freund. Er hatte sich letztes Jahr in Peters Wohnung verstecken müssen. Dann sprach der Pastor weiter und seine sanfte, angenehme Stimme riss Peter in die Gegenwart zurück.

„Und wie ist das mit uns?“, kam es in beinahe flüsterndem Ton von der Kanzel herunter.

Peter wusste, wovon Pastor Kai sprach. Mit seiner Predigt meinte er nicht Jonathan. Peter war sich sicher, dass auch die übrigen Gemeindemitglieder wussten, dass diese Botschaft für sie bestimmt war. Es ging um den vermissten englischen Piloten. Die Menschen in der Kirche schienen die Luft anzuhalten. Peter ertappte sich selber ebenfalls dabei.

Der Pastor fuhr in seiner Predigt fort. Peter konnte sich nicht daran erinnern, in Helsingør jemals eine Predigt so gut verstanden zu haben, wie die von Pastor Kai. Sie war kein salbungsvolles Vortragen, das er aus anderen Kirchen kannte. Zwanzig Minuten vergingen, dann eine halbe Stunde, und immer noch verfolgte Peter aufmerksam jedes Wort. Er sah zu Elise hinüber. Auch sie saß gebannt auf der Kirchenbank.

Plötzlich bemerkte Peter aus dem Augenwinkel eine Bewegung. Er drehte sich um und schaute zur letzten Reihe. Ein einzelner Mann mit kurz geschorenen Haaren schlüpfte gerade zur Kirchentür hinaus. Peter war sich nicht sicher, warum er noch einmal hinschaute. Er hatte das Gefühl, dass er diesen Mann schon einmal gesehen hatte.

„Elise“, flüsterte er seiner Schwester ins Ohr. „Schau schnell zur Tür. Wo haben wir den Typ schon mal gesehen? Der, der gerade hinausgeht.“

Elise drehte sich um, aber der Mann war schon verschwunden. Peter hatte ein unbehagliches

Gefühl, aber offensichtlich war der Mann sonst niemandem aufgefallen.

Nach weiteren zehn Minuten war der Gottesdienst vorüber. Die Ringsteds, Elise, Peter und der Rest der Gemeinde verließen die Kirche. Pastor Kai zwinkerte Peter zu, als er ihm zum Abschied die Hand schüttelte. „Wir sehen uns doch noch, nicht wahr?"

„Ja", antwortete Peter. Er zerbrach sich immer noch den Kopf über den Mann mit den kurzen Haaren. „Pastor Kai?"

Der Pastor war schon dabei, der Dame hinter Peter die Hand zu schütteln, aber er schaute noch mal zu Peter. „Ja, Peter, mein Junge?"

„Haben Sie, auch ... haben Sie also ..." Plötzlich kam er sich albern vor und unsicher, ob er dem Pastor gegenüber den Mann erwähnen sollte.

„Ach, schon gut", sagte Peter und schüttelte den Kopf. Er eilte die Kirchenstufen hinunter, bevor der Pastor nachfragen konnte, was er hatte sagen wollen. Peter erzählte niemandem, was er gesehen hatte. Stattdessen hörte er auf dem Heimweg dem Wortschwall seines Cousins zu.

„Das war toll", sagte Kurt. „So eine Predigt habe ich noch nie gehört. Pastor Kai war heute Morgen aber wirklich in Fahrt."

„Na ja", sagte Tante Hanne. „Ich weiß nicht so recht ... Auf jeden Fall war er sehr direkt."

„Bekommt er keinen Ärger, wenn er so offen redet?", fragte Elise. „Ich glaube, sogar die kleinen Kinder haben verstanden, was er gemeint hat."

Tante Hanne und Onkel Harald antworteten zuerst nicht darauf. Sie sahen sich nur besorgt an. „Pastor Kai sollte wirklich etwas vorsichtiger sein, das stimmt.“ Onkel Harald schüttelte den Kopf. „Genau wie unser Mikkel.“

Den restlichen Weg nach Hause sprachen die beiden Erwachsenen nur so leise miteinander, dass Peter und Elise sie nicht verstehen konnten. Nur hin und wieder hörten sie Worte wie *Mikkel, Untergrund und zu gefährlich.* Doch das reichte Peter schon, um sich seine Gedanken zu machen.

* * *

Auf dem Hof wartete Arbeit auf sie. Das verwaiste Lamm musste gefüttert und die Pferdeställe gereinigt werden. Peter und Elise erklärten sich freiwillig bereit, die Ställe zu säubern, sehr zu Kurts Erstaunen.

„Seid ihr sicher, dass ihr das tun wollt?“, fragte er. „Ihr müsst das nicht tun, ihr seid doch schließlich unsere Gäste.“

„Kein Problem“, meinte Peter. „Es macht uns wirklich nichts aus, nicht wahr, Elise?“

Elise schüttelte den Kopf. „Nein, das ist wirklich kein Problem“, stimmte sie zu. „Peter und ich, wir sind ein ziemlich gutes Team.“

„Das ist nett von euch“, sagte Tante Hanne. „Marianne, geh doch mit ihnen. Und Kurt, dein Vater braucht bei den Schafen Hilfe. Es müssen noch ein paar Hufe geschnitten werden.“

Während der nächsten Stunde halfen Peter

und Elise ihrer Cousine beim Ausmisten der Ställe. Es war eine ziemlich harte Arbeit. Sie wechselten sich mit dem Schubkarren ab. Peter stürzte sich besonders eifrig in die Arbeit, weil er sich ablenken wollte. Als Elise gerade wieder mit einer Fuhre den Stall verlassen hatte, lehnte er sich auf seine Heugabel und schaute sich in dem dunklen Gebäude um. Obwohl es roch, gefiel ihm die Scheune mitsamt dem Heu und den Landmaschinen. Im Sommer waren die Pferde meistens draußen auf der Koppel, genau wie die Schafe, aber manchmal wurden sie doch in die Ställe gebracht.

Peter schaute zum Dachboden hinauf und sah dort einen Vogel herumflattern. „Erinnert mich an die Taubenschläge zu Hause."

„Tauben?", fragte Marianne. „Ich wusste gar nicht, dass ihr Tauben habt. Oben im Dach sind welche, aber Papa sagt immer, dass sie stören."

Elise kam in diesem Moment mit der Schubkarre zurück. „Es sind nicht nur Peters Tauben", sagte sie. „Ich habe auch eine und Henrik, Peters Freund, hatte auch eine. Wir haben ihm und seiner Familie geholfen, nach Schweden zu fliehen. Sie sind Juden."

„Wirklich? Ihr habt Juden bei der Flucht geholfen?" Mariannes Augen wurden immer größer. „Das habt ihr uns noch gar nicht erzählt. Da hätte ich aber Angst gehabt."

„Hatten wir auch", sagte Peter und drehte sich um. Er war nicht in der Stimmung, Einzelheiten zu erzählen. Außerdem wurde Marianne gerade vom Haus her gerufen.

„Marianne? Bist du dort draußen?“ Es war Tante Hanne. Marianne steckte den Kopf zur Tür hinaus. „Hier bin ich, Mama.“

„Marianne, könntest du mir hier in der Küche helfen?“ Der Pastor kommt gerade mit seiner Familie den Weg herunter, und ich bin noch nicht ganz fertig.“

„Klar, Mama.“ Marianne lehnte ihre Schaufel gegen die Wand. Peter schätzte, dass es etwa zwei Uhr sein musste.

„Geh schon“, sagte Elise. „Wir schaffen das hier schon.“

„Danke! Vergesst aber nicht, ich will noch eure Geschichte hören.“ Marianne lief den Kiesweg zum Haus hinauf und überließ Peter und Elise den Rest der Arbeit. Ein paar Minuten später bekamen sie Besuch.

„Hallo!“, ertönte eine Stimme von der Stalltür her. Es war Jakob, der Sohn von Pastor Kai. „Wollt ihr mit mir spielen?“

„Klar“, sagte Peter. „Wir spielen gerade ‚Macht den Pferdestall sauber‘. Du kannst gerne mitspielen.“

Jakob kicherte. Dann krempelte er die Ärmel hoch und begann sauberes Heu auf den Boden des Stalls zu werfen. Er war keine sehr große Hilfe, aber er war auch nicht besonders scheu. Während Peter und Elise die Tränken mit Wasser füllten, fragte Jakob sie, wo sie herkamen, wie lange sie mit dem Zug hierher gebraucht hatten, ob sie Haustiere hätten und wie ihre Lehrer in der Schule hießen.

„Hat dir schon einmal jemand gesagt, dass du

ein merkwürdiger kleiner Junge bist?", fragte Peter, als Jakob vorübergehend keine Fragen mehr einfielen.

„Klar", antwortete Jakob und grinste. „Meine Eltern sagen das dauernd." Der kleine blonde Junge schien das als Kompliment aufzufassen.

„Also", fuhr Peter fort, als sie mit dem Wasser fertig waren. „Hast du noch Fragen? Sonst können wir nämlich zum Haus rübergehen."

„Nein, keine Fragen mehr." Jakob half ihnen dabei, die Heugabeln und die Schubkarre wegzuräumen. Dann hielt er plötzlich inne. „Doch, ich will noch etwas wissen. Aber mein Vater hat gesagt, ich soll euch das nicht fragen."

„Ach?", fragte Peter. Jetzt war er neugierig. „Warum denn nicht?"

„Keine Ahnung", antwortete Jakob und zuckte mit den Schultern. „Er hat gesagt, er würde euch selber fragen."

„Ach, komm schon, Jakob", drängte Peter ihn. „Sag schon, was will er mich fragen?"

Jakob zögerte erst, doch dann sagte er: „In Ordnung. Aber Papa hat gesagt, dass du es vielleicht nicht bist."

Peter schüttelte den kleinen Jungen leicht an den Schultern. „Du sagst wohl immer nur halbe Sachen. Vielleicht bin ich nicht was?"

„Papa hat gesagt, dass du vielleicht kein Christ bist", sagte Jakob. Er hielt die Luft an und blickte Peter furchtlos ins Gesicht. „Hast du schon Jesus in dein Herz gebeten? Ich habe es getan, als ich klein war. Es ist ganz einfach. Hast du Jesus in deinem Herzen?"

Von Jakob klang die Frage ganz unschuldig. Aber einen Moment lang hatte Peter das Gefühl, dass Onkel Morten vor ihm stünde, denn sein Onkel hatte ihn im letzten Herbst dasselbe gefragt. Ihm fiel diese Situation wieder ein, und auch diesmal wusste er nicht, was er sagen sollte. Er ließ den kleinen Jungen schnell los und trat einen Schritt zurück. Er schaute zu Elise hinüber.

„Ich habe es getan, Jakob", sagte Peters Zwillingsschwester. „Als ich acht Jahre alt war, ein bisschen älter als du jetzt. Ich habe mit meinem Onkel Morten gebetet und Jesus gesagt, dass ich zu ihm gehören möchte."

Peter starrte Elise an. Das hatte sie ihm noch gar nicht erzählt. Onkel Morten auch nicht.

„Ehrlich?", fragte Peter seine Schwester. „Warum hast du mir nie etwas davon erzählt?"

„Ich weiß nicht", antwortete Elise und trat mit dem Fuß nach einem Klumpen Heu. „Ich meine, ich habe gebetet und so. Aber du weißt ja, dass wir nicht oft in die Kirche gehen. Meine Freundinnen reden auch nicht über so etwas."

„Aber wie ist das nun mit dir, Peter", sagte Jakob ungeduldig. Er wollte unbedingt von dem Jungen wissen, ob er Christ ist, und sich nicht ablenken lassen.

Peter suchte nach Worten. Die Frage des Jungen hatte ihn getroffen, und er war froh, dass seine Schwester sich eingemischt hatte. Aber er kam durch das, was sie über Jesus gesagt hatte, wieder ins Grübeln. Alles passte irgendwie zusammen:

Die Gebetserhörungen. Letztes Jahr die Flucht

im Ruderboot nach Schweden. Die Entdeckung des Funkgerätes. Und jetzt das Bekenntnis seiner Schwester. Er hatte angefangen, bei großen Schwierigkeiten zu beten, aber es sah so aus, als ob es hier um mehr ging. Vielleicht ...

„Peter! Elise! Seid ihr da drin?“ Das Stalltor ging auf, und Marianne stürzte herein. „Papa braucht uns! Drei Mutter-Schafe fehlen, und er weiß nicht, was mit ihnen passiert ist. Jemand hat ein Stück vom Zaun eingerissen. Papa meint, dass sich die Tiere vielleicht verletzt haben.“

Peter schaute zuerst zu Elise hinüber und dann zu Jakob. *Jemand hat ein Stück vom Zaun eingerissen?* „Los, gehen wir“, sagte er dann. „Wir können ja später weiterreden, Jakob.“

Marianne eilte ihnen voraus. Gemeinsam suchten sie auf den Weiden, unter Heidesträuchern, hinter Büschen und unter Bäumen, riefen und pfiffen nach den vermissten Schafen.

Sogar Pastor Kai half mit. Er stocherte mit einem langen Stock im dichten Gestrüpp herum und stieß hin und wieder einen Pfiff aus. Der kleine Jakob lief aufgeregt hin und her und war dabei mehr im Weg als eine wertvolle Hilfe. Aber trotzdem ... Das Mittagessen hatten sie inzwischen vergessen.

„Wie könnt ihr eigentlich feststellen, dass Schafe fehlen?“, fragte Peter Kurt, als sie sich gerade durch ein unebenes Stück Heide kämpften. Dieser Teil des Bauernhofs bestand aus Moor, Büschen, kleinen Wiesen und Wäldchen. Es gab hier Hunderte von Möglichkeiten für Schafe, sich zu verlaufen oder gar sich zu verletzen. Da Kurt sich hier natürlich bestens auskannte, blieben Peter und Elise in seiner Nähe.

„Na, wir zählen sie", erklärte Kurt. „Das ist ganz leicht. Meistens bleiben sie sowieso zusammen, aber wenn sich eins verläuft, bleibt es mit dem Huf irgendwo stecken oder so. Und dann bleibt es einfach dort stehen, wo es gerade ist. Wahrscheinlich ist das den Schafen, die wir suchen, auch passiert. Ihr solltet mal sehen, wenn die Schafe auf den Rücken fallen oder gedreht werden. Sie bleiben einfach liegen, strecken ihre Beine in die Luft und bewegen sich nicht. Sie sind nicht besonders schlau. Und meistens bleiben sie in einem Schlammloch weit draußen stecken."

„So wie das dort?", fragte Elise und deutete auf eine Kuhle im Boden, die mit Gestrüpp, Heidesträuchern und dicken Brombeerranken überwuchert war. Sie gingen zu der Stelle. Peter zog einen Ast beiseite, doch kein Schaf war zu sehen. Ein paar Schritte weiter, auf der anderen Seite der Kuhle, entdeckte Elise etwas. Sie zog laut die Luft ein.

„Was ist los?" Peter stellte sich neben sie, um zu sehen, was seine Schwester entdeckt hatte. „Hast du etwas gesehen?", fragte er. „Da ist doch nichts."

„Ein Bein!", schrie Elise mit einer Stimme, die Peter noch nie von ihr gehört hatte. „Da ist ein richtiges Bein drin! Onkel Harald!"

Pastor Kai kam als erster angelaufen. Onkel Harald war vermutlich zu weit entfernt, um sie zu hören. Der Pastor sah in die Kuhle. Die Kinder drängten sich hinter ihn, so wie Küken um eine Henne. Peter bewegte sich schließlich vor, um zu sehen, ob außer dem Bein noch etwas zu erkennen war. Und dann sah er es: einen Körper. Ein Mann in einer zerrissenen Uniform lag unter einem dichten Gestrüpp. Er war fürchterlich schlammverkrustet, so dass man ihn kaum erkennen konnte. Jedenfalls war es kein Deutscher. Das Gesicht des Mannes war schlimm zerkratzt, und das, was Peter von seiner Haut sehen konnte, war ziemlich angeschwollen und grün und blau verfärbt. Peter zuckte zusammen.

„Ist das der Engländer, Papa?" Es war Jakob, der seine Stimme zuerst wiedergefunden hatte. „Lebt er noch?"

Pastor Kai fuhr herum. „Jakob! Du gehst sofort wieder zum Ringsted-Hof zurück!" Er wandte sich an Marianne. „Bringst du ihn bitte zurück? Am besten, ihr lauft alle zum Haus. Das hier ist nichts für euch. Kurt, wo ist dein Vater?"

„Ich weiß nicht, Pastor Kai." Kurt blickte sich suchend um. „Aber dort drüben ist Mikkel."

„Gut", sagte der Pastor. „Sei so gut und hole ihn."

Kurt sprang auf und rannte los, während die anderen ängstlich stehen blieben.

„Los, los, Kinder!", sagte der Pastor nun im Befehlston. Die Kinder zuckten zusammen, denn sie waren es nicht gewohnt, Pastor Kai befehlen zu hören.

In diesem Augenblick stöhnte der Verletzte leise, und alle drehten sich erschreckt um.

Elise zog wieder die Luft ein: „Er lebt!“

„Das mag schon sein“, sagte Pastor Kai, „aber nicht mehr lange, wenn wir nur hier herumstehen und ihn anstarren. Kommt schon! Und Marianne ...“ Er ergriff den Arm des Mädchens. „Deine Mutter soll für ihn ein Bett vorbereiten. Dann hol so schnell wie möglich Dr. Knudsen. Aber sage ihm auf keinen Fall, was hier los ist und wen wir gefunden haben, verstanden?! Sag ihm, ein Gast deines Vaters hätte sich verletzt und braucht Hilfe. Alles klar?“

Marianne nickte und nahm Jakob an der Hand. „Komm, Jakob.“ Sie zog den kleinen Jungen mit sich den Pfad entlang.

Im Haus fühlten sich Peter und Elise in ihre erste Nacht auf dem Hof versetzt, denn wieder gab es jede Menge Aktivität. Marianne bezog ein weiteres Bett mit frischen Laken und holte Verbandsmaterial und Wasser für den Verletzten, während Tante Hanne verzweifelt versuchte, den Arzt per Telefon zu erreichen.

„Was soll das heißen, er ist bei den Ellemanns“, sagte sie mit scharfer Stimme in den Hörer. „Die haben kein Telefon, nicht wahr? Ja, ich weiß nicht genau ... nein, ich möchte mit ihm persönlich sprechen ... Nein, keine Nachricht. Wir werden versuchen, ihn ausfindig zu machen. Danke.“

Tante Hanne sah ihren Sohn an. „Kurt, das ist jetzt ganz wichtig.“ Kurt nickte. „Schwing dich auf dein Rad und hol Dr. Knudsen. Er ist auf dem Hof der Ellemanns und schaut nach der alten Frau Ellemann. Ich kann ihn dort telefonisch nicht erreichen. Wahrscheinlich jammert die alte Frau

Ellemann ihm gerade die Ohren voll. Fahr so schnell du kannst und bring ihn hierher. Wo ist dein Vater?"

Sie schaute suchend zum Fenster hinaus, konnte aber ihren Mann nirgendwo sehen.

„Geht in Ordnung, Mutter", beruhigte Kurt sie. „Kommst du mit, Peter?"

Eine Minute später rasten die beiden Jungs so schnell sie treten konnten die Straße entlang. Sie wussten beide, dass Peter der Schnellere war, aber Kurt legte sich mächtig ins Zeug, so dass es ihnen gelang, auf gleicher Höhe zu bleiben.

„Ist es weit, Kurt?", rief Peter.

„Die Straße runter, am Dorf vorbei, dann der zweite Hof auf der linken Seite. Vielleicht fünfzehn Minuten Fahrt." Und sie radelten weiter. Aber bald begann Kurt langsamer zu werden und schließlich blieb er ganz stehen.

Peter blickte zurück.

„Alles in Ordnung?", rief er.

„Ich ... ich glaube schon", antwortete Kurt. Aber er verzog sein Gesicht und atmete schwer.

„Fahr schon voraus", stöhnte Kurt. „Ich habe Seitenstechen." Peter merkte, dass es Kurt ernst war. „Ich komme gleich nach. Los, fahr zu!"

Peter zögerte. „Wirklich?"

„Ja, du bist schneller als ich. Ich habe dir ja bereits erklärt, wie du fahren musst."

„Also gut." Peter wiederholte schnell die Wegbeschreibung, die Kurt ihm gegeben hatte. „Am Dorf vorbei und dann der zweite Hof auf der linken Seite. Aber was soll ich machen, wenn der Arzt nicht da ist?"

„Der wird schon da sein. Du musst dich beeilen!" – „Zweiter Hof links", sagte Peter zögernd. „Wie hießen die Leute doch gleich? Entenmann?"

„Ellemann", sagte Kurt und schob Peters Rad an. Es war keine Zeit mehr für Diskussionen. Peter verdrängte den Gedanken, dass er sich verirren könnte oder den Hof nicht finden würde. Er trat in die Pedale, was seine Beine hergaben. Er kam durch das kleine Wäldchen, vorbei an der Kirche und dem Pfarrhaus, fegte die Hauptstraße entlang, vorbei am Gasthaus und immer weiter. Dann hielt er nach den Höfen Ausschau.

„Das ist der erste Hof", zählte er. Dann sah er den zweiten, bog in die kurze Auffahrt ein und radelte zum Wohnhaus. Ein anderes Fahrrad, ein großes schwarzes, war gegen die Hauswand gelehnt. Peter klopfte gegen die schwere Haustür.

„Hallo, Herr Doktor! Doktor ..."Jetzt fiel Peter der Name des Arztes nicht mehr ein. Er biss die Lippen zusammen. *Wie heißt er doch gleich?* Weil er den Namen nicht mehr wusste, klopfte er noch kräftiger an die Tür. Keine Antwort. Er lief um das Haus herum, doch dann hörte er, wie die Tür geöffnet wurde und rannte zurück. Ein nett aussehender Mann mittleren Alters stand dort und blickte in den Garten hinaus.

„Ich suche den Arzt", rief Peter, als er um die Ecke gelaufen kam.

„Dann hast du ihn gefunden." Der Mann lächelte. „Ich bin Dr. Knudsen." Er zwinkerte Peter zu, der einfach nur dastand und nach Luft schnappte. „Du bist der Neffe von den Ringsteds, nicht wahr?“

Kleines Dorf, dachte Peter. *Alle kennen mich, aber ich kenne keinen.* Er nickte. „Ich bin Peter Andersen. Ich soll fragen, ob Sie sofort zum Hof kommen können ... Können Sie?“

„Ja, ich bin mit Frau Ellemann fertig. Was ist denn passiert?“ – „Pastor Kai sagte ... nein, also mein Onkel hat einen Besucher mit einem Problem. Sie müssen sich ihn ansehen. Es ist ein Notfall.“

Der Arzt runzelte verständnislos die Stirn. „Pastor Kai ist bei euch? Ist er etwa krank?“

„Nein, nein, es ist nicht Pastor Kai. Er ist auch auf dem Hof, aber er ist nicht derjenige, der einen Arzt braucht.“

„Wer denn dann, junger Mann?“

Das wird langsam albern, dachte Peter. Er wünschte, der Doktor würde einfach auf sein Rad steigen und mit zum Hof kommen. Er wusste nämlich nicht, wie er die Fragen beantworten sollte, ohne die ganze Geschichte auszuplaudern.

„Also ich weiß gar nicht, wie er heißt, Dr. Knudsen. Ich weiß nur, dass er schwer verletzt ist.“

Der Arzt schüttelte den Kopf, verschwand dann aber im Haus, um seine Tasche zu holen. Eine Minute später tauchte er wieder auf und befestigte seine Tasche auf dem Gepäckträger seines großen schwarzen Rades. Dann fuhren sie los. Peter hatte große Mühe mitzuhalten.

Auf halbem Wege trafen sie auf Kurt, der ihnen entgegenkam. Peters Cousin wendete schnell sein Rad. „Das war schnell!“, sagte er. Peter schätzte, dass keine Viertelstunde vergangen war. „Du hast ihn also gefunden.“

„Er hat mich gefunden“, nickte der Arzt. „Aber dein eigenartiger Cousin konnte mir nicht sagen, wer krank oder verletzt ist. Alles, was ich weiß, ist, dass ich so schnell wie möglich kommen soll. Kannst du mir vielleicht sagen, was los ist? Oder muss ich deinen Vater fragen?“

„Na ja“, sagte Kurt und warf Peter einen Blick zu. „Das ist eine lange Geschichte. Ich glaube, mein Vater kann sie besser erklären als ich.“

Kurt ist viel zu vorsichtig, dachte Peter. Er kam sich albern vor, weil er dem Arzt nicht erklären durfte, was genau vor sich ging. Es verstrichen aber nur noch wenige Minuten, dann fuhren sie die lange Auffahrt zum Haus der Ringsteds hinauf. Sie sahen Onkel Harald, der gerade ein junges Schaf auf den Schultern in die Richtung des Hauses trug. Als der Doktor seinen Namen rief, drehte er sich um.

„Harald“, sagte der Doktor. „Endlich! Du kannst mir doch sicherlich sagen, was hier vor sich geht.“

„Wie bitte?“, fragte Onkel Harald. „Ich werde dir sagen, was hier vor sich geht. Dieses Schaf hier hat sich das Bein gebrochen, zwei andere sind tot. Ich musste eine weggeworfene Dose als Beinschiene benutzen. Irgendein Idiot hat ein Stück vom Zaun eingerissen und einen Hund auf die Tiere gehetzt. Ich habe die drei Schafe am äußersten Rand unseres Grundstückes gefunden. Das geht hier vor.“ Dann hielt er inne und schaute den Arzt verwundert an. „Und was treibt dich hierher, Finn?“

„Deswegen frage ich dich ja“, erwiderte der Arzt und sah Onkel Harald so erstaunt an, wie dieser ihn angestarrt hatte. „Es tut mir leid, das mit deinen Tieren. Hier, dein Neffe hat mich von den Ellemanns geholt. Er hat mir lediglich gesagt, dass ein Besucher von dir verletzt sei.“

Onkel Harald sah Peter verblüfft an: „Wer ist verletzt, Peter?“

In diesem Moment lehnte sich Pastor Kai aus dem Fenster. Er winkte Dr. Knudsen zu. „Doktor Knudsen, bin ich froh, Sie zu sehen. Kommen Sie bitte herein.“ Dann verschwand er wieder im Haus. Onkel Harald sah den Arzt an und legte vorsichtig das verletzte Schaf ab. Dann gingen die beiden Männer ins Haus. Onkel Harald war kaum durch die Tür gegangen, da drehte er sich noch einmal um und wandte sich an seinen Sohn.

„Kurt, bring bitte das Tier in die Scheune, während ich nachsehe, was hier gespielt wird.“

Peter folgte den Männern ins Haus. Es dauerte nur einen kurzen Augenblick, dann hatte der Arzt verstanden, was geschehen war und wer sein Patient war. Der Mann lag auf dem Gästebett. Jemand hatte ihn bereits etwas gesäubert. Trotzdem fand Peter, dass der Mann mehr tot als lebendig aussah. Sein ganzes Gesicht war wie eine schwarze geschwollene Maske.

Sie drängten sich alle an der Tür, um zu hören, was der Arzt sagen würde. Eine Weile herrschte Stille, während der Arzt den Piloten in

Augenschein nahm. Er untersuchte sorgfältig den Kopf, die Ohren und die Augen. Dabei murmelte er vor sich hin.

„Keine gebrochenen Knochen“, sagte er schließlich, „aber viele Schnitte und blaue Flecken. Und offensichtlich hat er einen schweren Schlag auf den Kopf bekommen. Gehirnerschütterung.“ Er bereitete einen Verband vor und schaute zu Tante Hanne hinüber. „Ich kann aber nicht feststellen, wie schlimm sie ist. Hat er irgendetwas gesagt oder sich bewegt?“

„Er hat nur ein paar Mal gestöhnt“, sagte Tante Hanne. „Und er hat sich ein bisschen bewegt, als wir ihn auf das Bett gelegt haben.“

„Hanne“, unterbrach sie Onkel Harald, „jetzt erklär mir bitte, wie dieser Mann hierher gekommen ist.“

„Die Kinder haben ihn gefunden, Harald“, antwortete Pastor Kai an ihrer Stelle. „Das ist mit Sicherheit der britische Pilot.“

„Gehirnerschütterung, Doktor?“, unterbrach ihn Kurt, der gerade erst hereingekommen war.

Der Doktor nickte. „Durch den Schlag auf den Kopf schwillt das Hirngewebe an. Das kann alles Mögliche verursachen, angefangen bei starken Kopfschmerzen bis hin zum Tod. Gott sei Dank gibt es bei unserem Patienten hier keine Anzeichen von einem Blutgerinnsel oder ähnlichem. Es ist aber schwer, etwas Endgültiges zu sagen. Er müsste eigentlich ins Krankenhaus, aber in Anbetracht der Umstände wäre das wohl äußerst ungeschickt. Es wäre mir wohler, wenn er das Bewusstsein wiedererlangen würde.“

Als wäre das sein Stichwort, rührte sich der Mann auf dem Bett und bewegte seine Lippen.

„Das hat er schon einmal gemacht“, sagte Tante Hanne.

„Vielleicht will er uns etwas sagen?“, meinte Marianne, die mit einer Schüssel Wasser und mit Tüchern neben dem Bett stand.

Der Mann stieß einige Laute aus. Sie konnten jedoch nicht verstehen, ob sie eine Bedeutung hatten. Während sie noch versuchten zu raten, flatterten plötzlich die Lider des Piloten.

„Schauen Sie, seine Augen!“ Marianne zeigte auf den Kopf des Mannes. Sie hatte gerade vorsichtig das geschwollene Gesicht mit einem feuchten Tuch abgewischt.

Der Arzt schaute sich seinen Patienten genau an. „Ich glaube, dass er langsam ...“ In diesem Augenblick öffnete der Pilot die Augen und hob die Hände, als wollte er einen Schlag abwehren. Er starrte mit großen Augen den Doktor an. Die Kinder machten alle erschreckt einen Schritt zurück, weil sie nicht wussten, was als nächstes kommen würde.

„Sprechen Sie Englisch?“, fragte der Mann auf deutsch. Es kam stockend, denn offensichtlich war das Reden noch eine große Anstrengung für ihn.

„Mein Deutsch ist ziemlich eingerostet“, antwortete der Doktor auf Englisch. „Ich bin der Arzt. Bitte bewegen Sie sich nicht zu sehr.“

Der verletzte Pilot versuchte zu lächeln: „Sie sind Däne, nicht wahr?“

„Stimmt“, sagte der Doktor. „Mein Name ist Finn

Knudsen. Sie sind hier auf dem Bauernhof der Familie Ringsted."

Der Mann versuchte sich aufzurichten, aber der Arzt legte ihm die Hand auf die Schulter. „Bitte nicht bewegen", wiederholte er. „Sie haben offenbar einen schlimmen Schlag auf den Kopf bekommen. Sie haben eine Gehirnerschütterung und müssen jetzt völlig still liegen bleiben. Ich bin froh, dass Sie überhaupt aufgewacht sind. Sie müssen lange bewusstlos gewesen sein."

„Ich weiß nicht", sagte der Pilot. Er schloss die Augen. Offensichtlich hatte er noch große Schmerzen. „Wie lange ist es her?"

„Sie sind Freitagnacht abgestürzt, und jetzt haben wir Sonntag", klärte ihn der Arzt auf. „Wissen Sie, was mit Ihnen geschehen ist?"

Der Pilot schloss wieder die Augen. „Ich muss wohl Glück im Unglück gehabt haben", sagte er mit zusammengebissenen Lippen. „Ich kann mich an gar nichts mehr erinnern, nachdem wir in die Bucht gestürzt sind." Er versuchte wieder, sich aufzurichten. „Wo ist Skeffington? Haben Sie meinen Bordschützen gefunden?"

Dr. Knudsen legte dem Mann erneut die Hand auf die Schulter. In diesem Augenblick kam Mikkel den Flur herunter. Er betrat das Zimmer und ging an das Gästebett.

„Ich heiße Mikkel", stellte er sich vor. „Und ich sorge natürlich dafür, dass Ihr Funkgerät die richtigen Menschen erreicht."

Der Pilot öffnete die Augen und sah ihn wissend an. „Ich verstehe. Mein Name ist Thomas Whitbread, Captain der Royal Air Force. Ich werde Ihnen keine Umstände machen und so schnell wie möglich von hier verschwinden."

Er versuchte den Kopf zu heben, fiel aber mit schmerzverzerrtem Gesicht wieder zurück.

Der Doktor nahm sein Stethoskop heraus und hörte vorsichtig die Brust des Captains ab. „Sie dürfen sich erst bewegen, wenn ich es Ihnen erlaube, mein lieber Captain. Man hat Sie nicht in der Bucht gefunden, sondern draußen auf den Weiden. Sie müssen nach dem Absturz im Schock herumgewandert sein. Wie Sie sich versteckt haben und warum Sie nicht den Deutschen in die Arme gelaufen sind, ist mir ein Rätsel. Der Herr Pastor hier würde sagen, dass jemand seine beschützende Hand über Sie gehalten hat."

Peter schaute die anderen an. Dann sprach Mikkel wieder.

So wie er redete, fühlte er sich offenbar in Dr. Knudsens Gegenwart sicher. „Captain? Wenn es so weit ist, werden wir Sie hier herausbringen. Das verspreche ich. Captain?"

Captain Whitbread hatte die Augen bereits wieder geschlossen. Er sah aus, als wäre er in einen unruhigen Schlaf hinübergeglitten. Seine Augenlider flatterten kurz, dann redete er erneut. „Sie haben noch nicht gesagt, was mit meinem Bordschützen passiert ist."

Alle blickten zu Mikkel, der tief einatmete. „Ich ... wir waren direkt nach dem Absturz am Flugzeug, aber Sie waren schon weg. Ich weiß nicht, wie Sie das geschafft haben. Ihr Bordschütze ..., es tut mir leid ..., er ist tot. Es tut mir sehr leid."

Der Pilot seufzte mit geschlossenen Augen. „Skeffington“, flüsterte er. „Vielleicht ..., vielleicht habe ich das gewusst ... „aber ich kann mich an nichts erinnern.“ Es schien, als ob er weinen würde, er fing sich aber. „Es tut mir auch leid.“

In der darauf folgenden unbehaglichen Stille zog Kurt die Zwillinge auf den Flur hinaus. Marianne folgte ihnen.

„Ich habe einen Plan“, flüsterte Kurt.

„Wovon redest du?“, flüsterte Peter zurück.

„Ihr wisst schon. Der Captain muss hier raus und wieder zurück nach England. Wir können das schaffen.“

„Kurt!“, sagte Marianne. „Dieser Mann hat soeben erfahren, dass sein Freund getötet wurde, und du redest von irgendwelchen Plänen? Was soll das?“

Kurt rieb sich über die Stirn und schaute seine Schwester an. „Ist mir schon klar, Marianne. Aber wir müssen doch etwas tun. Meinst du nicht?“

Da kam Mikkel aus dem Schlafzimmer und betrat den Flur. Er warf Kurt einen misstrauischen Blick zu. „Du lässt den Captain in Ruhe, Bruderherz“, sagte Mikkel. „Er muss sich schnellstens erholen.“

„Das weiß ich doch“, erwiderte Kurt.

„Und du erzählst noch nicht einmal deinem besten Freund davon! Hast du verstanden?“

„Ja, ja, ja, noch nicht einmal meinem besten Freund“, wiederholte Kurt.

Als Mikkel weitergegangen war, wandte sich Kurt wieder an Peter und Elise. „Ich erzähle euch später von meinem Plan“, flüsterte er.

Peter wäre es am liebsten gewesen, sein Cousin hätte die ganze Sache einfach auf sich beruhen lassen, aber das schien aussichtslos zu sein. Natürlich wollte auch Peter dem Captain helfen, aber ihm fiel nichts Gescheites ein. Er und Elise landeten schließlich in der Küche und boten sich an, das Geschirr zu spülen.

„Das würdest du zu Hause nie machen“, zischte Elise ihrem Bruder zu.

„Du auch nicht“, erwiderte der.

Elise zuckte nur mit den Schultern. Peter verstand. Sie hatten beide das Bedürfnis, irgendetwas zu tun, egal was.

Marianne half mittlerweile ihrer Mutter und Frau Steffensen. Kurt war mit seinem Vater wieder draußen und half ihm, das Schaf, das von dem Hund angefallen worden war, zu versorgen. Peter hatte keine Ahnung, wo Mikkel und der Pastor waren. Der kleine Jakob spielte leise im Wohnzimmer.

Elise holte die Teller vom langen Tisch, und Peter setzte auf dem Herd Wasser auf. Das Mittagessen mit dem Pastor und seiner Familie war nicht im Geringsten so ausgefallen, wie sie es sich vorgestellt hatten.

Peter kratzte gerade an einem Teller herum, als er vor dem Küchenfenster Stimmen hörte. „Mikkel, ich bin dir natürlich für deine Warnung dankbar, aber ich kann mir das wirklich nicht vorstellen.“

Die Stimme gehörte Pastor Kai. Peter konnte auch Mikkels Stimme erkennen, aber nicht alle Worte verstehen. Er fühlte sich ein wenig schuldbewusst, aber er konnte ja nichts dafür, dass Teile der Unterhaltung durch das Fenster zu ihm drangen. Er schaute zu Elise hinüber, die schmutziges Geschirr auf der Arbeitsplatte stapelte.

„Das war doch sicherlich nicht für unsere Ohren bestimmt", sagte Peter leise.

„Was meinst du?"

Peter zeigte mit dem Daumen zum Fenster.

„Meine Predigten sollen dafür die Ursache sein?", ließ sich Pastor Kai wieder vernehmen. „Das kann ich einfach nicht glauben."

Als Nächstes drang Mikkels Stimme durch das Fenster. Sie war lauter, denn er sprach: „Ich sage Ihnen, Pastor Kai, ich habe die Liste mit eigenen Augen gesehen. Alle, die die Nationalsozialisten jemals auf die Liste gesetzt haben, sind verschwunden oder gar erschossen worden. Was Sie heute Morgen gepredigt haben, wird bestimmt nicht zu Ihren Gunsten ausfallen. So einfach ist das."

„Aber warum nur?", fragte der Pastor. „Das Ganze muss ein Missverständnis sein."

„Missverständnis oder nicht. Sie müssen zugeben, dass Ihre Predigten in letzter Zeit ziemlich feurig waren. Die Nationalsozialisten achten sehr darauf, wer Schlechtes über sie sagt. Auch in so kleinen Dörfern wie Oksby und Ho. Keiner kommt davon, der solche Sachen sagt wie Sie heute Morgen. Jedenfalls nicht sehr lange."

„Und was bedeutet das für mich?"

„Ich will sagen, dass Sie in Gefahr sind, dass Sie irgendwo Urlaub machen sollten, wo die Menschen nur Englisch oder Schwedisch sprechen. Ich kenne Leute, die Sie von hier wegbringen können. Um Ihrer eigenen Sicherheit willen sollten Sie mit Ihrer Familie verschwinden!"

„Na schön, Mikkel, wie gesagt, ich bin dir dankbar und werde es mir ernsthaft ..."

„Es tut mir leid, Pastor Kai, aber überlegen ist nicht genug. Der englische Pilot ist nicht der Einzige, dessen Leben jetzt in Gefahr ist." Mikkels Stimme wurde leiser. Vermutlich war er weggegangen und hatte den Pastor stehen lassen. Peter und Elise sahen sich an. Peter wusste nicht, was er davon halten sollte. *Pastor Kais Leben ist in Gefahr?* Peter fühlte sich hilflos.

„Sollten wir nicht jemandem Bescheid sagen?", flüsterte Peter Elise zu, die das Geschirr inzwischen abgestellt hatte.

„Besser nicht", erwiderte Elise. „Ich glaube, es geht uns nichts an."

Pastor Kai kam durch die Hintertür herein. Als er Peter und Elise in der Küche erblickte, blieb er einen Moment überrascht stehen. Die Zwillinge starrten ihn an. *Ob er weiß, dass wir etwas gehört haben?* dachte Peter. Aber dann setzte der Pastor ein Lächeln auf.

„Ihr seht aus, als ob ihr beim Abwasch Hilfe brauchen könntet", sagte er und krempelte sich die Ärmel hoch. „Ich helfe euch noch, bevor wir nach Hause gehen."

Es dauerte nicht lange. Etwa zehn Minuten später kamen die Frauen in die Küche zurück.

„Ich glaube, es geht ihm schon etwas besser", sagte Frau Steffensen. Dann bemerkte sie ihren

Mann, der bis zu den Ellenbogen im Seifenschaum stand. „Na, machst du dich nützlich, mein Lieber?"

„Eigentlich schon", erwiderte der Pastor. „Aber ich glaube, wir müssen langsam gehen." Er wischte sich mit einem Küchentuch den Schaum von den Armen.

Tante Hanne kam mit einem Arm voller Bettwäsche herein. Sie hatte einen besorgten Gesichtsausdruck.

„Es tut mir schrecklich leid, was heute alles hier geschehen ist", sagte sie. „Es sollte eigentlich ein angenehmes Mittagessen werden."

Der Pastor lächelte, und seine Frau legte die Hand auf Tante Hannes Schulter. Jakob kam und stellte sich neben seine Mutter.

„Ich bin froh, dass wir hier sein konnten", sagte der Pastor. Frau Steffensen nickte. „Jetzt müssen wir nur noch einen sicheren Platz für unseren Captain finden. Ich habe gehört, dass die Deutschen schon einmal hier waren und nach ihm gesucht haben."

Als Onkel Harald und Kurt aus der Scheune zurückkamen, schüttelten sich alle zum Abschied die Hände. Die Steffensens stiegen auf ihre Räder. Plötzlich schnippte Pastor Kai mit den Fingern. Ihm war offensichtlich noch etwas eingefallen. Er drehte sich um.

„Schande über mich!", sagte er zu Kurt. „Herzlichen Glückwunsch im Voraus zu deinem 11. Geburtstag! Das ist doch am Montag, nicht wahr?"

Kurt strahlte. „Nein, übermorgen. Am Dienstag. Und meine Verwandten werden mir beim Feiern helfen.“

Übermorgen Geburtstag? dachte Peter und warf Elise einen Blick zu. Keiner hatte ihnen etwas davon gesagt. *Da müssen wir uns ja noch etwas einfallen lassen.*

7. Codename Dagmar

„Peter, Elise, kommt her! Das müsst ihr sehen!“ Kurt zog Peter am Ärmel vom Frühstückstisch weg.

„Aber erst nach dem Abwasch, Herr Ringsted“, sagte Tante Hanne in einem halbernsten Ton, der trotzdem Bände sprach. „Diese Woche bist du dran, falls du dich erinnerst?“

„Mama!“, protestierte Kurt. „Ich will den beiden nur schnell etwas zeigen.“

„Nichts da“, erwiderte seine Mutter. „Es sind doch nur ein paar Schüsseln.“

Sie halfen alle schnell mit, und dann folgten Peter, Elise und Marianne Kurt zu einer der Scheunen. Diese war direkt an das Haus angebaut. Früher hatte man dort die Tiere untergebracht, aber jetzt wurde sie überwiegend als Werkstatt oder als Abstellraum genutzt. Onkel Harald und Mikkel waren bereits dort und räumten gerade einen Teil des Bodens frei. Dann beugte sich Onkel Harald hinunter, steckte seinen Finger in ein Astloch in den Holzdielen und zog. Nichts rührte sich.

„Wir waren schon lange nicht mehr in diesem Keller“, grunzte Onkel Harald und zog nochmals an der Diele.

„Warte, Papa, ich helfe dir“, sagte Mikkel und sprang zu ihm. Er nahm den abgebrochenen Stiel einer Harke und steckte ihn in das Astloch.

Onkel Harald und Mikkel ächzten und grunzten, und schließlich öffnete sich langsam die Falltür mit einem lauten Kreischen.

„Toll!“, rief Peter, als sich die Falltür öffnete und den Blick auf einen kleinen dunklen Bodenkeller freigab. Mikkel leuchtete mit einer Taschenlampe hinein. Sie sahen eine kleine staubige Höhle. Regale mit leeren Einmachgläsern säumten die Wände von oben bis unten.

„Das müssen wir wohl ein bisschen saubermachen“, sagte Onkel Harald.

Peter und Kurt kletterten in den Keller und reichten abwechselnd den anderen die leeren Gläser hoch. Dann fegten sie den harten Erdboden und zogen zersplitterte Holzdielen heraus. Es lag sogar ein rostiges Teil von irgendeiner Maschine dort unten.

„Du siehst aus wie einer von diesen Schauspielern, die sich ihre Gesichter anmalen“, sagte Elise lachend, als sie ihrem Bruder einen Armvoll Holz abnahm. Die anderen sahen den Jungen an und lachten ebenfalls.

„Nennt mich einfach den Kumpel vom Kohlenbau“, sagte Peter. Das Lachen tat ihnen gut.

„Wenigstens haben wir jetzt einen guten Grund, den Keller aufzuräumen“, sagte Onkel Harald. „Eure Tante drängt uns schon seit Monaten, endlich Ordnung zu machen.“

Als Nächstes ließen sie einen kleinen Tisch, mehrere Decken, eine Öllampe und eine Ladung Stroh hinab. Es würde dem Engländer zwar etwas eng werden, aber gemütlich.

Kurt betrachtete von oben ihr Werk. „He, Papa,

kann ich auch hier unten bleiben? Es sieht einfach toll aus!“

„Tut mir leid, Junge“, antwortete sein Vater. „Es ist nur groß genug für eine Person.“

Tatsächlich konnte sich der Captain gerade so ausstrecken. Trotzdem war es das perfekte Versteck. Der Engländer konnte den Kopf noch immer nicht heben, ohne dass ihm schlecht wurde. Peter war der Meinung, dass der Mann ziemlich hilflos aussah.

„Es tut mir leid, dass wir Sie in ein solches Zimmer legen müssen“, sagte Tante Hanne in gebrochenem Englisch. Sie hatte sich schon mehrmals für das Vorgehen entschuldigt, aber der Captain winkte ab. „Es ist eigentlich sehr angenehm hier“, sagte er, als er es sich in dem kleinen Keller bequem gemacht hatte, schloss die Augen und legte eine Hand an seinen bandagierten Kopf. „Ich muss mich dafür entschuldigen, dass ich Sie alle in solche Gefahr gebracht habe ...“ Er wirkte, als ob er gleich wieder einschlafen würde. „Sobald wir Kontakt haben, bin ich hier weg ...“

Dann meldete sich Mikkel zu Wort. „Wir versuchen, mit London Kontakt aufzunehmen und dafür zu sorgen, dass Sie hier abgeholt werden. Höchstens noch ein paar Tage.“

Der Pilot hörte nicht mehr zu und bewegte sich auch nicht, so dass Tante Hanne den Umstehenden bedeutete, den Mann in Ruhe zu lassen.

„He, Mikkel, können wir dir beim Aufbauen des Funkgerätes zusehen?“, fragte Kurt, als sie sich alle wieder ihren normalen Morgenaufgaben zugewandt hatten.

„Wer sagt, dass ich das Funkgerät noch habe?“, fragte Mikkel. Er sah sie alle an: Kurt, Marianne, Peter und Elise. Dann seufzte er. „Ich wünschte wenigstens, ich hätte es nicht mehr. Aber in Esbjerg warten sie darauf, und ich konnte es noch nicht in Sicherheit bringen. Es sind zu viele deutsche Soldaten in der Gegend.“

„Und sie suchen immer noch nach Captain Whitbread, stimmt's?“, fragte Peter.

„Ja. Bloß wissen sie natürlich nicht, wer er ist.“ Mikkel lächelte. Dann winkte er den Vieren zu und bedeutete, ihm zu folgen. „Ich weiß nicht, warum ich das tue, aber kommt“, sagte er. Sie gingen hinüber in die Scheune, in der Onkel Harald seine Werkstatt aufgebaut hatte. Überall lagen Maschinenteile herum, kaputte Pumpen, Pflugscharen und solche Sachen. Aber die Werkbank selber war ordentlich aufgeräumt, die Werkzeuge hingen in Reih und Glied an der Wand.

Mikkel griff unter den Tisch und tastete herum.

„Was machst du denn?“, fragte Kurt ungeduldig.

„Moment! Ich habe doch gesagt, ich zeige es euch.“ Mikkel holte eine kleine Holzschachtel hervor. Sie sah aus, als ob ein Hemd oder so etwas darin Platz gehabt hätte, aber kein Funkgerät. Natürlich war kein Hemd in der Schachtel. Peter und Elise bekamen große Augen, als Mikkel die Schachtel vorsichtig auf die Bank stellte, den Deckel öffnete und das Funkgerät herausnahm. Es hatte die Größe einer Zigarrenkiste und war voller Knöpfe, Leitungen und Glaszylinder.

Peter schob sich näher heran. „Was sind denn das für Teile?“, fragte er erstaunt.

„Vorsichtig“, sagte Mikkel. „Das Funkgerät ist sehr empfindlich. Nichts anfassen!“ Er befestigte die Taste für die Morsesignale und den Kopfhörer. Dann kramte er eine Rolle Draht unter der Werkbank herunter. „Das ist die Antenne. Einer von euch muss rauslaufen und sie an dem höchsten Baum befestigen, den er finden kann. Nachts ist es zwar besser, aber wir können das Gerät ja schon mal testen.“

„Alles klar!“ Kurt sprühte nur so vor Tatendrang. Er und Peter gingen zur Tür hinaus und rollten langsam den Draht ab. Eine junge Eiche, ein paar Meter von der Scheune entfernt, schien ihnen gut geeignet. Dort hängten sie den Draht hinein.

In der Scheune hatte Mikkel das Funkgerät inzwischen an eine große Batterie unter der Werkbank angeschlossen. Nun wollte er es anschalten. Er hatte sogar ein Notizbuch und einen Stift zurechtgelegt.

„Komm, Mikkel! Lass sehen!“ Kurt sprang vor Ungeduld auf und ab. Peters Interesse war auch groß, aber er versuchte, es nicht zu zeigen.

„Immer mit der Ruhe“, sagte Mikkel und drehte an einem der Knöpfe. „Dieses Radio hat keinen Lautsprecher. Deshalb müsst ihr ruhig sein. Mal sehen, ob ich durchkomme.“

Alle verhielten sich still, während Mikkel die Morsetaste betätigte. Es klickte, als würde ein

Specht gegen einen Baum klopfen. Peter versuchte, die Buchstaben herauszufiltern, die er kannte. Da war einer: „s“. Er bestand aus drei kurzen Schlägen. Da, noch einer. *Müsste ein „V“ sein.* Drei kurze und ein langes Signal. *Dit-dit-dit-dah.* Aber dann wurde es ihm zu schnell, die Zeichen verschwammen alle miteinander. Nach ein paar Minuten fing das Interesse der anderen an zu erlahmen. Aber Peter konnte an Mikkels Gesichtsausdruck erkennen, dass sein Cousin in anderen Sphären schwebte.

„Hörst du etwas?“, flüsterte Peter schließlich.

„Schh“, zischte Mikkel. Doch dann antwortete er: „Ja, ich glaube, ich komme nach London durch!“

Es entstand eine Pause, während Mikkel hektisch in das Notizbuch schrieb. Die Kinder drängten sich um ihn, um das Geschriebene zu erkennen.

„Vrst Whtbrd sich“, las Marianne laut vor, obwohl alle entziffern konnten, was Mikkel geschrieben hatte.

Mikkel führte den Finger an die Lippen. „Psst! Ich kann sonst nichts hören“, flüsterte er.

Sie warteten noch weitere fünf Minuten, vielleicht auch zehn, während Mikkel den Rest der Botschaft empfing. Nach einer Weile fing er wieder an zu schreiben. Peter las den Rest der Botschaft für sich: *U-Boot Ankunft 55-33-30,8-120, Zeit Codename Dagmar.* Sehr viel Sinn ergab das nicht gerade, U-Boot Ankunft schon, aber das Übrige? Peter sagte jedoch nichts. Dann legte Mikkel den Stift hin, morste noch eine Antwort und nahm schließlich die Kopfhörer ab.

„Das war's", fragte Kurt enttäuscht.

„Das war's", bestätigte Mikkel, nickte und packte die Sachen zusammen. „Wir haben gerade mit dem englischen Verteidigungsministerium in London gesprochen – ich meine, gefunkt. Sie wussten genau, um wen es geht."

„Was bedeutet die Nachricht?", fragte Marianne.

Mikkel zeigte auf das von ihm beschriebene Blatt. „‚Vrst Whtbrd sich' bedeutet, dass sie verstanden haben, dass Captain Whitbread in Sicherheit ist. Der zweite Teil der Botschaft, der längere, informiert darüber, wie die Engländer ihn abholen werden."

„So viel Informationen in so wenig Worten?", fragte Elise skeptisch.

„Klar", nickte Mikkel. Er gab sich immer sehr gelassen. Trotzdem hatte Peter den Eindruck, dass er die Aufmerksamkeit, die ihm im Moment zuteil wurde, sehr genoss. „U-Boot Ankunft 55-33-30,8-120 bedeutet, dass sie ihn mit einem U-Boot von hier wegbringen wollen. Captain Whitbread muss ein ziemlich wichtiger Mann sein. Und 55-33-30 ist eine Ortsangabe. Verstehst du, 55 Grad, 33 Minuten, 30 Sekunden gibt den genauen Ort hier an der dänischen Küste an, den Breitengrad. 8 Grad, 12 Minuten, das ist die Entfernung von England. Und 0 steht für Ost. Ich muss mir das Ganze auf der Karte anschauen, aber ich bin mir sicher, dass ein Strand hier in der Nähe gemeint ist, der nicht vermint ist. Ich habe den Engländern auch gesagt, wo wir uns befinden.“

Peter hatte nicht so richtig verstanden, was die Zahlen und Grade bedeuteten, dafür war Mikkels Erklärung zu schnell gewesen. Aber er hatte in der Schule schon mal gehört, dass Längen- und Breitengrade auf Landkarten Ortsbestimmungen waren.

„Und ‚Zeit Codename Dagmar‘ bedeutet nur, dass wir uns im Radio die BBC anhören müssen, um die genaue Zeit zu erfahren.“

„Die BBC?“, fragte Kurt „Willst du uns auf den Arm nehmen?“

„Im Ernst“, versicherte Mikkel. „Du hast doch bestimmt schon gehört, dass am Ende der Sendung solche Sachen kommen wie: ‚Grüße an Hans in Kopenhagen‘?“

„Klar, aber ich dachte ...“

„Das sind alles für den Untergrund bestimmte Nachrichten, geheime Informationen, Zeiten, wann die Engländer Waffen abwerfen, solche Dinge. Deswegen versuchen die Deutschen ja auch immer, die Sendung zu stören. Hast du das nicht gewusst?“

Kurt zuckte mit den Schultern. „Woher sollte ich das wissen?“

Peter hatte es auch nicht gewusst. Er war sich nicht so sicher, ob er das alles wirklich wissen wollte, aber er prägte sich die Informationen gut ein.

Plötzlich erhellte sich Mariannes Gesicht und sie sagte, als ob sie eine schwierige Mathematikaufgabe gelöst hätte: „Ich verstehe! Wenn sie im Radio sagen: ‚Dagmar kommt Montag um sieben‘, dann wissen wir, dass sie Captain Whitbread holen werden.“

„Fast“, sagte Mikkel. „Die Nachricht wird eher so etwas sein wie: ‚Grüße an Dagmar, die Freitag um neun ihren Geburtstag feiert.‘ Oder so ähnlich.“

„Toll!“ Kurt war begeistert. Doch dann runzelte er die Stirn. „Aber warum sagen sie dir das nicht einfach über das Funkgerät?“

Mikkel lachte leise. „Normalerweise tun sie das auch. Vermutlich werden sie es auch noch machen. Nur, ich bin nicht ihr normaler Kontaktmann. Vielleicht kommen sie auch nicht durch, und außerdem muss ich das Funkgerät so schnell wie möglich wegbringen. Die Nachricht über BBC durchzugeben ist am sichersten.“ Dann runzelte er die Stirn. „Natürlich nur, solange die Deutschen ihren Störsender nicht einschalten.“

Alle schienen mit Mikkels Erklärung zufrieden zu sein. Peter war immer noch besorgt wegen der deutschen Soldaten mit ihren Hunden und wegen des Engländers, den sie versteckten. Würde Dagmar bald Geburtstag haben, bevor man ihn entdecken würde?

8. Außer Kontrolle

Am Dienstagmorgen hatten sich Peter und Elise schon langsam an die Arbeit auf dem Bauernhof gewöhnt. Um 5.30 Uhr aufstehen, bis 7 Uhr arbeiten, dann Frühstück. Nach dem Frühstück gab es noch mehr Arbeit auf dem Hof, doch danach hatten die Kinder meistens Zeit, um Fahrrad zu fahren oder zu spielen.

Aber heute Morgen war der Ablauf etwas anders.

Herzlichen Glückwunsch zum Geburtstag, Kurt! Peter sprach den Satz nicht laut aus, denn er war vor Kurt aufgewacht. Schnell schlüpfte er in seine Kleider, griff das Buch, das auf dem kleinen Nachttisch lag und verließ auf Zehenspitzen das Schlafzimmer.

Das Buch hieß *Die Suche nach Abenteuer* und handelte von vier Jungen, die sich ein Floß bauten und eine ganze Reihe Abenteuer bestehen mussten. Er hatte es von zu Hause mitgebracht, weil er vorgehabt hatte, es in den Ferien zu lesen. Er war aber bis jetzt mit seinen eigenen Abenteuern zu beschäftigt gewesen. Obwohl ihm das, was er bisher gelesen hatte, gut gefallen hatte.

Peter kratzte leise an der Tür der Mädchen. „Elise“, flüsterte er, „bist du wach?“

Keine Antwort.

„Elise?“

Er öffnete die Tür einen Spalt weit. Elise drehte sich im Bett herum und blinzelte ihn an.

„Müssen wir schon aufstehen?“, murmelte sie und kratzte sich an der Nase.

Peter hob den Finger an die Lippen. „Mir ist eben etwas eingefallen, was wir Kurt zum Geburtstag schenken können.“

„Ach so.“ Sie vergrub ihren Kopf wieder ins Kopfkissen. „Und deshalb weckst du mich?“

„Ja klar. Also, wir können ihm mein Buch schenken. Du musst nur vorne etwas reinschreiben.“ Peter hielt seiner Schwester das Buch und einen Stift hin.

„Warum willst du dein Buch verschenken?“, fragte Elise schläfrig.

„Weil es ihm bestimmt gefällt. Außerdem hat Kurt mich gefragt, ob er es lesen darf, wenn ich fertig bin. Mir fällt auch kein anderes Geschenk ein.“

Elise war einen Moment still. „In Ordnung. Mir auch nicht.“ Sie setzte sich im Bett auf, nahm den Stift und setzte ihren Namen auf das Vorsatzblatt, direkt unter die von Peter geschriebene Widmung. Sie versuchte zu lesen, was ihr Bruder geschrieben hatte, aber Peter las es ihr bereits vor.

„Ich habe geschrieben ‚Herzlichen Glückwunsch zum Geburtstag und alles Gute von deinen Verwandten Peter und Elise‘. Dann das Datum, 11. Juli 1944. Na, wie ist das?“

„Toll“, erwiderte sie und drückte ihren Kopf wieder in die Kissen.

* * *

Nun waren Peter und Elise auf den Geburtstag vorbereitet. Sobald sie ihre morgendliche Arbeit erledigt hatten und wieder ins Haus gegangen waren, bat Elise Tante Hanne um einen Bogen braunes Packpapier. Darin verpackte sie das Geschenk, während die Tante den Frühstückstisch mit Kerzen und zwei dänischen Flaggen in Miniaturausgabe dekorierte.

„Sieht so aus, als ob jemand ein Fest feiern will“, sagte Onkel Harald mit breitem Grinsen, als er zur Tür hineinkam. „Was ist der Anlass?“

Natürlich brauchte niemand zu antworten. Als Kurt einen Moment später ebenfalls das Haus betrat, schallte ihm das dänische Geburtstagslied entgegen: „Heute ist Kurts Geburtstag, hurra, hurra, hurra!“ Die Stimme des Onkels übertönte sie alle. Er sang zwar ein wenig falsch, aber was machte das schon? Kurt strahlte, alle klatschten und Tante Hanne gab dampfenden Haferbrei in die kleinen Schüsseln.

Dann stand Marianne auf, als ob sie eine Rede halten wollte. „Zeit, Geschenke aufzumachen!“ Sie zeigte auf ein kleines Päckchen, das auf dem Tisch lag.

Peter zog ihr Buch hervor, das er auf seinem Schoß versteckt hatte und hielt es seinem Cousin hin. „Bitte schön, Kurt, das ist von Elise und mir.“

Kurt riss die Verpackung auf und hielt mit einem Lächeln das Buch hoch. „Toll!“, sagte er. „Du hast gewusst, dass ich das lesen wollte. Ich danke euch!“

Marianne und ihre Mutter schenkten Kurt jeweils ein Paar Socken, die sie ihm heimlich gestrickt hatten. Darüber war Kurt nicht ganz so begeistert, aber er bedankte sich trotzdem höflich. Dann blickten sie zu Onkel Harald hinüber, der sich geräuspert hatte.

„Nun, junger Mann", begann er. „Nun bist du elf Jahre alt, und ich glaube, du kannst jetzt schon eine etwas größere Verantwortung bekommen. Ich denke, du bist alt genug, um ein Paar Zügel übernehmen zu können." Mit diesen Worten griff er unter seinen Stuhl, zog ein Paar Zügel hervor und ließ sie auf den kleinen Stoß Einwickelpapier fallen.

Einen Moment lang starrte Kurt die Zügel, die vor ihm lagen, an. Sein Grinsen wich einem Ausdruck der Verwunderung, aber Onkel Harald sagte nichts weiter.

„Ähhh ... ich glaube nicht, dass ich ganz verstehe", sagte Kurt. „Bedeutet das ... Ja, was bedeutet das?"

Sein Vater lachte und blickte wissend zu Tante Hanne. Sie lächelte zurück.

„Das ist eine Art Schatzsuche", erklärte Onkel Harald. „Du musst herausfinden, wozu diese Zügel passen. Dann findest du dein Geschenk."

Langsam dämmerte es Kurt, und seine Augen leuchteten auf. „Ach so, jetzt verstehe ich. Wozu Zügel passen ... zu einem Pferd oder so!"

„Oder so", antwortete sein Vater und nickte. „Ich an deiner Stelle würde in der Scheune nachsehen."

Kurt eilte hinaus und ging in die am Haus angebaute Scheune. Die Übrigen folgten ihm. Kurt schaute zuerst in dem Bodenkeller nach, wo Captain Whitbread sich versteckt hielt.

„Geburtstag?“, fragte der Captain und versuchte ein ernstes Gesicht zu machen. „Mir hat keiner etwas von einem Geburtstag gesagt.“ Er schaute zu Peter hoch und zwinkerte. Aber Peter hatte auch keine Ahnung, was das Geschenk war oder wo es versteckt sein könnte.

Onkel Harald gab Tante Hanne ein Zeichen. Sie verschwand hinter einem großen Stapel Holzkisten und tauchte kurz darauf mit einem kleinen zweirädrigen Karren wieder auf. Er sah aus wie ein kleiner Trabrennwagen, war hellrot gestrichen und mit Bändern behängt. Die beiden Reifen stammten offensichtlich von alten Fahrrädern, und der Karren selber sah einer alten Schubkarre sehr ähnlich!

Kurt sah das Gefährt, als er aus dem Bodenkeller herauskletterte. Er erkannte sofort, was es war, lief hinüber und setzte sich hinein. „Mann, das ist toll! Eine Ziegenkutsche! Noch besser als ein Fahrrad!“

„Aber Kurt, die Kutsche ist nur zum Spielen“, warnte seine Mutter. „Du sollst die Tiere nicht überanstrengen. Eigentlich bist du ja schon zu groß dafür, aber dein Vater war der Meinung, dass die Kutsche dir bestimmt Spaß macht. Ich glaube, am liebsten wäre er noch einmal so groß wie du, damit er auch damit fahren kann.“

„Ach, Kurt ist noch nicht zu groß“, sagte Mikkel. Er kam gerade von draußen herein und brachte eine recht große Ziege mit. „Lasst uns diese hier mal probieren."

Mikkel und Onkel Harald brauchten einige Zeit, um die unwillige Ziege zwischen die beiden Zugstangen des Karrens zu spannen und die Zügel anzulegen. Die Ziege warf den Kopf zurück und versuchte, das Geschirr loszuwerden. Es war offensichtlich, dass sie sich erst daran gewöhnen musste, als Zugtier zu arbeiten. Sobald sie losließen, brauste der Wagen mit Kurt auch schon los. Die Ziege raste im Zickzackkurs über den Hof. Die Zügel hatten offenbar überhaupt keine Wirkung auf die Ziege. Alle schrien begeistert auf.

Marianne lief Kurt mit einem Hut hinterher.

„Den musst du noch aufsetzen!", rief sie und wedelte mit der Kopfbedeckung in der Hand herum.

Schließlich schaffte sie es, den Wagen lange genug festzuhalten, damit Kurt den Hut aufsetzen konnte. Doch dann rannte die Ziege wieder los. Die Kinder liefen lachend hinterher, als die Ziegenkutsche um die Hausecke bog. Der Karren holperte und rumpelte so stark über den Kiesweg, dass Kurt nahe daran war hinauszustürzen.

„Wisst ihr was", sagte Mikkel. „Wir machen ein Geburtstagsrennen. Kurt in der Kutsche, gegen den Rest zu Fuß."

Er zeigte auf einen großen Baum. „Wer zuerst am Baum ist, hat gewonnen. Fertig?"

Kurt versuchte, die Ziege unter Kontrolle zu bringen und zog wie wild an den Zügeln. Die Ziege dagegen wollte offensichtlich beweisen, dass sie stark genug war, den Jungen mitsamt dem Karren zu ziehen, ja vielleicht noch viel stärker.

Kurt kämpfte mit den Zügeln und versuchte, das Tier zu wenden. „Wartet!“, rief er. „Ich bin noch nicht so weit.“

„Los!“ Mikkel hörte nicht auf seinen Bruder. Auf sein Kommando hin rannten alle los.

Auf halbem Wege zum Baum spürte Peter, wie etwas kräftig an seiner Hose zog und er das Gleichgewicht verlor. Er stolperte und bemerkte, dass Elise an ihm vorbeischoss. Er lachte, während er versuchte, seinen Rhythmus wiederzufinden.

„Du wirst das bereuen!“, schrie er.

„Aber nur, wenn du mich einholst!“ Elise war bereits einige Schritte voraus und fast am Baum angelangt. Mikkel lief rückwärts. Sogar Tante Hanne und Onkel Harald beteiligten sich am Rennen. Tante Hanne zog ihren Mann am Arm hinter sich her. Sie alle lachten, hauptsächlich natürlich über Kurt in seiner neuen Ziegenkutsche, der immerzu im Kreis fuhr.

Elise gewann schließlich das Rennen.

„Sie hat gemogelt“, protestierte Peter und versuchte ernst zu bleiben. „Sie hat mich behindert.“

Onkel Harald tätschelte Peter den Kopf und schnalzte in gespieltem Mitgefühl mit der Zunge. Elise stolzierte herum und grinste Peter direkt ins Gesicht. Peter versuchte in ihre Nase zu zwicken, doch seine Schwester konnte ihm entkommen. Und Kurt fuhr immer noch im Kreis herum. „He, Peter!“, schrie er. „Willst du nicht einmal versuchen, dieses verrückte Tier zu zügeln?“

Und ob Peter das wollte. „Klar!“

Kurt sprang von seinem Sitz, bekam die Ziege zu fassen und hielt sie fest. Nun setzte sich Peter in den Karren.

„He!“, rief Mikkel plötzlich. „Hat jemand das Gatter zur Widderweide offen gelassen?“

Peter schaute gerade rechtzeitig hinüber zu der Weide, auf der Onkel Harald fünf oder sechs der wildesten Widder hielt, um zu sehen, wie ein großer Widder aus der Umzäunung herauslief und um die Hausecke verschwand.

Marianne und Kurt hatten den Zwillingen bereits einiges über Widder erzählt. Geschichten davon, wie diese Tiere Menschen stundenlang in einer Scheune festgehalten hatten, oder wie sie sich selbst überlassen geblieben waren und sich schlimmer als Wachhunde benommen und alles und jeden angegriffen hatten. Normalerweise hielten sich Kurt und Marianne von der Widderweide fern.

Mikkel rannte los, um das Gatter zu schließen, bevor die anderen Widder auch noch abhauen konnten.

In diesem Augenblick entschied sich Peters Ziege, ebenfalls loszurennen, und lief hinter Mikkel her.

Peter zog und riss an den Zügeln, aber bewirkte nichts damit. Die Ziege hatte ihren eigenen Kopf und dachte gar nicht daran, anzuhalten. Sie fuhren über einen Stein, so dass der Karren beinahe umstürzte. Peter sah sich verzweifelt nach Hilfe um, aber Kurt, Marianne und Elise standen nur da und lachten wieder. Peter konnte nicht anders, er musste auch lachen, während er völlig außer Kontrolle um das Haus herumgezogen wurde. Die Ziege hatte es sich offenbar in den Kopf gesetzt, dem Widder zu folgen, wo immer dieser auch hinlief.

Während Mikkel das Gatter schloss, liefen die anderen um das Haus herum auf den vorderen Hof.

Und dort, mitten auf dem Kiesweg, stand ein glänzendes schwarzes deutsches Armeeauto.

Peter versuchte verzweifelt, den Karren zum Stehen zu bringen, indem er an den Zügeln zog, aber die Ziege erhaschte einen Blick auf den Widder, der auf das Auto zulief. Zwei Uniformierte klopften gerade an die Haustür und hatten dem Jungen, der Ziegenkutsche und dem Widder den Rücken zugekehrt. Zwei jüngere Soldaten lehnten sich lässig gegen das Auto. Als sie den angriffslustigen Widder bemerkten, sprangen sie auf, wussten aber offensichtlich nicht, wie sie sich verhalten sollten.

Der Widder hingegen wusste es ganz genau. Er rannte direkt auf die beiden jungen Männer zu, was diese veranlasste, auf die andere Seite des Autos zu laufen. Die Soldaten an der Haustür drehten sich, von dem Geschrei alarmiert, überrascht um.

Peter in der Kutsche kam dem Chaos immer näher und entschied sich dafür, sich durch einen Sprung aus dem Karren in Sicherheit zu bringen. Er fiel auf den Kies und schaute in dem Moment hoch, als der Widder das Auto rammte.

Das große zottige Tier griff offensichtlich sein Spiegelbild in dem glänzenden Autolack an. Peter zuckte bei dem schrecklichen Geräusch des Aufpralls zusammen. Der Widder trat zurück, schüttelte seinen Kopf und startete einen erneuten Angriff.

„Erschießt das Tier!“, brüllte einer der Männer von der Haustür her. Er lief los in Richtung Auto und zog dabei die Pistole aus dem Halfter. Inzwischen war die Ziege mit dem Karren auch schon an das Auto herangekommen und war im Weg. Peter saß auf dem Kiesboden und fragte sich, was er tun sollte, als Mikkel um die Ecke gesprintet kam. Der Widder rammte wieder das Auto mit einem dumpfen Knall.

„Wartet!“, schrie Mikkel, als der Soldat mit seiner Pistole zielte.

Mikkel sprang auf den Widder zu, packte ihn und warf ihn zu Boden. Der Deutsche hielt seine Pistole in Bereitschaft, während Mikkel mit dem schnaubenden Tier kämpfte. Der Junge stieß dem Widder mit seiner Faust hart zwischen die Augen, so dass dieser schlaff wurde. Ohne ein weiteres Wort schleifte Mikkel das bewegungslose Tier an den Hörnern über den Boden und um das Haus herum. Peter saß noch immer mitten auf dem Weg im Kies.

Der Deutsche trat wutentbrannt an das Auto und untersuchte die demolierte Tür des Wagens. Er sprach in schnellem Deutsch mit seinen Kameraden. Peter verstand so gut wie gar nichts, konnte sich aber ungefähr denken, was geredet wurde.

Onkel Harald kam um die Ecke, gefolgt von Mikkel, der als einziger in der Familie genügend Deutsch verstand, um sich mit dem zornigen Soldaten zu verständigen.

Onkel Harald wandte sich an seinen ältesten Sohn, als sie zu den Deutschen hinübergingen. „Frag sie, was sie wollen", meinte er.

Das tat Mikkel. Der Offizier, der noch immer rot im Gesicht war, schrie Mikkel etliche Minuten lang an. Peter dachte, der Mann würde gleich davonfliegen, so sehr ruderte er mit den Armen in der Luft herum. Mikkel hingegen nickte nur ruhig und übersetzte seinem Vater. Peter wagte nicht, sich zu bewegen. Die Ziege hatte auf dem Kies im Hof ein Pflänzchen gefunden, das sie herausziehen und fressen wollte. Sie wirkte vollkommen unschuldig. Der Offizier deutete zuerst auf das Tier, dann auf die Tür des Autos und schließlich sogar auf Peter. Der Junge hätte sich am liebsten hinter dem Haus verkrochen, aber er konnte sich nicht dazu durchringen aufzustehen.

So ging es gute fünf Minuten weiter, dann zeigte der inzwischen etwas ruhiger gewordene Deutsche auf die beiden jüngeren Soldaten. Sie hatten jeder aus dem großen Kofferraum ein Fahrrad hervorgeholt und hoben jetzt Koffer heraus.

„Er sagt, dass sie drei Monate lang hier bei uns auf dem Hof wohnen werden", hörte Peter Mikkel zu Onkel Harald sagen. „Solange arbeiten sie an der Radaranlage auf der Blåvands Huk." Onkel Harald fasste sich an die Stirn.

Das kann ja wohl nicht ihr Ernst sein, dachte Peter.

Mikkel übersetzte weiter. „Er sagt, dass jeder ein Bett, warmes Wasser zum Waschen, jeden Tag Frühstück und Abendessen benötigt. Und er sagt, er vergisst das mit dem Auto, aber seine Männer sollen als erste Mahlzeit Widderbraten bekommen."

Die beiden konnten nicht viel älter als Mikkel sein. Beide trugen khakigrüne Uniformen und kleine Kappen. Ihre Jacken hatten Schulterklappen und über den Brusttaschen schwarze Adler. Ihre Hosen waren ziemlich weit und steckten in kniehohen glänzenden schwarzen Stiefeln. Der Vorgesetzte sagte etwas, und die beiden Soldaten traten vor.

„Unteroffizier Schneider", stellte der erste sich vor. Er wirkte noch jünger als sein Kamerad.

„Unteroffizier Prochnow", grüßte der andere.

Der Vorgesetzte der beiden Unteroffiziere sprach weiter und Mikkel übersetzte.

„Er sagt, dass diese beiden netten Herren hier ..." das war wohl sarkastisch gemeint – „in der Radaranlage auf der Blåvands Huk arbeiten und dass sie lediglich abends und sonntags hier sein werden. Und auch nur so lange, bis sie eine größere Baracke erstellt haben. Wollen wir sie auf der Weide unterbringen?"

Onkel Harald überhörte Mikkels Bemerkung und kratzte sich am Kinn, während er überlegte, was jetzt zu tun sei. Es entstand ein Augenblick unangenehmer Stille. Dann antwortete er. „Sag dem Offizier, dass seine Männer ein Zimmer bekommen, und dass du ihnen den Weg zeigst. Bring sie in Kurts Zimmer."

Peter schüttelte sich bei dem Gedanken, dass die beiden deutschen Soldaten hier auf dem Hof bleiben sollten. Er wünschte sich, dass er nicht in die Ziegenkutsche gestiegen wäre. Dieser Ferientag, der so lustig begonnen hatte, war plötzlich sehr düster geworden.

9. Fast entdeckt

An diesem Abend sollte es bei den Ringsteds und ihren neuen Gästen Braten geben. Allerdings hatten sie vor, den Widder, der das Auto gerammt hatte, zu verschonen.

„Papa hat gesagt, der Widder ist viel zu wertvoll zum Schlachten", flüsterte Marianne Elise zu, während sie das Essen vorbereiteten. Sie schaute sich um, um sich zu vergewissern, dass auch niemand zuhörte. Nur Peter war noch in der Küche. Er wusch sich gerade die Hände. „Das hier ist ein fünfjähriges Mutterschaf, das seit zwei Jahren nicht mehr getragen hat", fuhr Marianne fort.

Draußen im Esszimmer saßen die beiden Unteroffiziere auf ihren Stühlen und warteten darauf, den Widder vorgesetzt zu bekommen. Sie redeten miteinander, rauchten und schauten sich immer wieder nervös um. Keiner sprach mit ihnen, und wenn einer der Männer auf deutsch eine Frage stellte, antwortete die Familie auf dänisch.

Peter wollte von der Küche aus durch das Esszimmer ins Schlafzimmer gehen, als ihn einer der Männer am Arm packte.

„Wann gibt es Essen?", fragte der Soldat. Er tat so, als ob er mit einer Gabel aß und deutete dann auf seine Armbanduhr. Peter tat wiederum so, als würde er nichts verstehen.

„Ich verstehe nicht", sagte er und entwand seinen Arm dem Griff des Soldaten. Das war ein Satz, den er auf deutsch sagen konnte.

Der Mann runzelte die Stirn. Peter lief den Flur entlang, eilte in Mikkels Zimmer und schloss die Tür hinter sich.

Kurt war bereits dort. „Bist du auch entkommen?“ Er ließ einen Ball neben dem Bett springen.

„Ja“, antwortete Peter. „Einer hat mich am Arm gepackt und wollte wissen, wann es etwas zu essen gibt. Sie sitzen einfach nur am Tisch und warten.“

Kurt ließ den Ball höher springen. Er wollte damit die Decke erreichen. Seine Mutter hatte ihm zwar immer wieder gesagt, er solle den Ball draußen lassen, aber zur Zeit wollte keiner draußen spielen, geschweige denn am Esszimmer vorbeigehen. „Wir müssen aufpassen, dass die beiden nicht in die Scheune gehen.“

„Stimmt“, nickte Peter. Hat schon jemand dem Captain Bescheid gesagt?“ Er zog die Gardine auf und schaute zum Fenster hinaus. Die Scheune lag auf der anderen Seite des Hofes.

„Mikkel hat ihm alles erzählt. Wir haben beschlossen, dass wir das Scheunentor geschlossen halten müssen, besonders morgens und abends, wenn die Deutschen hier sind. Und wenn es einen Notfall gibt, klopfen wir dreimal an das Tor. Er hat übrigens ein Gewehr.“

„Tatsächlich?“ Peter riss die Augen auf. „Mikkel hat es ihm besorgt.“

* * *

In den folgenden Tagen versuchten die Kinder, sich an ihren neuen Tagesplan zu gewöhnen. Morgens und abends waren sie besonders nervös, denn da waren die „Gäste" in der Nähe. Die Deutschen verständigten sich mit ihren „Gastgebern" durch Gesten. Die wenigen dänischen Worte, die sie kannten, waren „Noch Milch. Noch Butter. Noch Fleisch."

Mikkel und Kurt waren der Meinung, dass die Soldaten beobachtet werden mussten. Zumindest wollten sie zu jeder Zeit wissen, wo sie sich aufhielten. „So können sie nicht im Haus oder in den Scheunen herumschnüffeln, ohne dass wir es wissen", sagte Kurt. „Und Mikkel hat gesagt, dass es für uns vielleicht nützlich ist, wenn wir alles über sie erfahren."

Es stellte sich heraus, dass die Soldaten wenig Interesse an dem Bauernhof und seinen Bewohnern zeigten. Solange sie Unterkunft und Verpflegung hatten, waren sie zufrieden. Sie verbrachten ihre Freizeit damit, auf Tante Hannes Grammofon Schallplatten abzuspielen, zu lesen, zu rauchen und zu schlafen. Jeden Morgen um Punkt 6.30 Uhr verließen sie auf ihren Fahrrädern den Hof und fuhren zu ihren Radarstationen. Abends kamen sie um 18.30 Uhr zurück. Sie waren kalkulierbar, und alle im Haus gingen ihnen nach Möglichkeit aus dem Weg.

Die ungebetenen Gäste bewirkten noch zwei weitere Veränderungen im Haus, abgesehen davon, dass sie den Captain noch sorgfältiger versteckt halten mussten. Die erste war, dass Peter und Kurt jetzt in Mikkels Schlafzimmer übernachten mussten. Tante Hanne brachte jedem von ihnen ein Daunendeckbett, das sie als Matratze auf den Boden legten. Morgens rollten sie ihr Bettzeug dann zusammen und schoben es unter Mikkels Bett.

Die andere große Veränderung war, dass Onkel Harald abends nicht mehr die BBC hören konnte. Wenn die Soldaten da waren, erwähnte das natürlich niemand, aber Peter merkte sehr wohl, dass sein Onkel sich ärgerte, denn abends um halb sieben Uhr fing er an, die Türen zu schlagen. Als Peter am Donnerstag nach dem Abendessen das Geschirr vom Tisch räumte, hörte er seinen Onkel Harald vor sich hin murmeln, dass eigentlich die Deutschen in den Kellerraum gestopft werden müssten, und nicht der Captain. Dann stapfte der Onkel ins Wohnzimmer, wo die Soldaten in seinen Sesseln saßen und die Luft mit ihrem stinkenden Zigarettenrauch verpesteten. Die beiden Männer stritten sich spaßeshalber um eine deutsche Zeitung, warfen sie umher und lachten laut.

In der Küche reichte Elise Peter einen nassen Lappen und flüsterte ihm ins Ohr: „Bin ich froh, wenn wir den Captain von hier weggebracht haben. Onkel Harald dreht ja völlig durch.“ Peter lugte um die Ecke ins Wohnzimmer, wo die beiden Soldaten noch immer herumalberten. Offensichtlich fühlten sie sich sehr wohl.

Tagsüber, wenn Unteroffizier Schneider und Unteroffizier Prochnow sich in der Radarstation befanden, war es nicht so schlimm. Dann konnten Peter, Elise, Kurt und Marianne Captain

Whitbread besuchen. Die beiden Jungen zwängten sich dann die Leiter in den Keller hinunter, Elise und Marianne legten sich meistens auf den Boden der Scheune, ließen ihre Köpfe über den Rand des Loches hängen und versuchten, sich zu unterhalten. Der Captain schien sich über ihre Besuche zu freuen, obwohl Peter bemerkte, dass er noch ziemlich heftige Schmerzen hatte, insbesondere am Kopf. Die blauen Flecken in seinem Gesicht hingegen verheilten langsam. Er lächelte, wenn die Kinder zu ihm kamen.

Es war Freitagnachmittag. Captain Whitbread schaute auf, als er Elises Stimme erkannte. „Wollen wir wieder ein wenig Dänisch lernen?", fragte sie ihn. In den letzten Tagen war das ihre bevorzugte Beschäftigung gewesen. Er hatte schon eine ganze Reihe dänischer Wörter gelernt. Elise war eine gute Lehrerin.

„Ja", erwiderte der Captain und stützte sich auf seinen Ellenbogen. „Goddag." Das war der dänische Ausdruck für „guten Tag".

„Goddag, kaptajn", sagte Peter, der ebenfalls in die Scheune gekommen war und nun die Leiter hinunterkletterte. Im Bodenkeller war es etwas feucht und muffig, aber es machte keinem etwas aus. Der Captain nahm den Umstand, dass er seine Zeit hier in diesem Keller verbringen musste, mit Humor. Peter wünschte sich, dass die Kopfwunde des Mannes bald verheilen würde, denn dann könnten sie ihn von hier wegbringen. Aber dann fielen ihm die deutschen Gäste wieder ein. Außerdem regnete es an diesem

Morgen ziemlich heftig, so dass sie nirgendwo hingehen konnten.

Elise reichte von oben einen Teller hinunter, der mit einer Serviette abgedeckt war. „Lidt brød?“, fragte sie.

Peter nahm den Teller und gab ihn an den Captain weiter. Er wiederholte Elises Frage: „Lidt brød?“

Der Mann schien zu verstehen, als er das kleine Brot unter der Serviette sah. „Ach Brot. Etwas Brot?“

Peter und Elise lächelten beide. Da kamen auch Kurt und Marianne in die Scheune. „Ihr kommt gerade rechtzeitig zum Dänischunterricht“, rief Elise. Die beiden beugten sich mit ihr über den Einstieg zum Keller. „Also, Captain“, sagte Elise auf Englisch, „‚Kann ich bitte etwas Brot haben?‘ heißt auf dänisch ‚Maa jeg gerne hae lidt brød?‘“

Captain Whitbread wiederholte alles langsam, bis er an das letzte Wort kam. Da hielt er inne und versuchte, seine Stimme zu diesem eigenartigen Laut zu bewegen. „Brud? War das das Wort für Brot?“

Peter lachte. „Brød. Brød.“ Das dänische „ø“ kam tief aus seiner Kehle und klang in keinster Weise wie das korrekte Englisch des Captains. Der „d“-Laut wurde verschluckt, aber Peter wusste nicht, wie er das erklären sollte. Die Kinder mussten lachen, als Captain Whitbread versuchte, ihn zu imitieren. Schließlich gab er es auf und ließ seinen Kopf zurück auf das Kissen fallen. Er hatte sich zu schnell bewegt und runzelte nun vor Schmerzen die Stirn. „Besser kann ich es nicht, fürchte ich. Und um ehrlich zu sein, für meine Ohren hört sich das Wort auch reichlich unappetitlich an.“ Dann biss er beherzt in Tante Hannes frisches Brot. „Mmm! Sehr gut! Bitte sagt eurer Mutter danke für das leckere Essen.“

Peter wollte gerade mit dem Dänischunterricht fortfahren, als plötzlich die Tür zur Scheune aufflog und Mikkels Stimme in dringendem Flüsterton ertönte.

„Alle raus! Macht die Falltür zu! Es kommen schon wieder deutsche Soldaten die Auffahrt herauf. Beeilt euch!“

Keiner sagte ein Wort. Peter flog geradezu die Leiter hinauf. Dann half er Kurt, die Tür zu schließen. Danach verteilten sie mit den Füßen Heu auf dem Boden. Sie hatten bereits besprochen, wie sie sich verhalten sollten. Aber dass diese Situation einmal eintreten würde, damit hatten sie nicht gerechnet.

„Kommt schon“, drängte Mikkel. „Wir müssen aussehen wie typische Landkinder, die ihre Arbeit tun.“ Er wandte sich zur Tür, aber dort stand schon ein deutscher Soldat.

Hatte er gesehen, was sie getan hatten?

„Entschuldigung“, sagte Mikkel. „Kann ich Ihnen helfen?“ Der Soldat sagte kein Wort, sondern bedeutete ihm mit seinem Gewehr, zur Seite zu gehen. Hinter ihm erschien ein zweiter Soldat, ebenfalls mit einem grimmigen Gesicht. Irgendwie kam Peter der Mann bekannt vor. Plötzlich durchzuckte es ihn. *Die Kirche,* dachte er voller Schrecken. *Der Mann, der hinten gesessen hatte! Der gegangen war, als Pastor Kai gegen die deutschen Besatzer gesprochen hatte!* Bloß hatte er da keine Uniform angehabt. Peter wich seinem Blick aus und starrte auf den Boden. Die beiden Soldaten betraten die Scheune und fingen an, sie zu durchsuchen. Peter begann zu schwitzen, und er hatte das Gefühl, er würde jeden Moment in Ohnmacht fallen. Elise blickte ihn von der Seite an und schüttelte leicht den Kopf.

Einer der Soldaten, der erste, der hereingekommen war, stellte sich genau auf die Falltür, unter der sich der Pilot versteckt hatte.

Der zweite Soldat, der aus der Kirche, ging in der Scheune umher, während Peter, Elise, Kurt und Marianne wie erstarrt herumstanden. Als der Soldat zu der Falltür kam, blieb er stehen und schaute, als hätte er etwas in der Luft gewittert. Ob er vielleicht den Geruch des frischen Brotes roch? Dann drehte der Soldat den Kopf und starrte Peter an. Der Junge schaute zur Seite. In diesem Moment ging die Tür wieder auf und Onkel Harald kam herein.

„Papa!", rief Kurt mit sich überschlagender Stimme. „Ein Glück, dass du da bist! Sie suchen etwas, aber ..."

Er brach mitten im Satz ab, denn hinter seinem Vater betrat ein weiterer Soldat die Scheune. Er hatte sein Gewehr auf Onkel Harald gerichtet.

Kurt machte einen Schritt. „Papa?", würgte er.

Marianne kniff die Augen zusammen und ergriff Elises Hand. „Tut, was sie sagen“, presste Onkel Harald heraus. Sein Gesicht war ernst und verschlossen. Die Kinder ließen ihre Blicke nicht von ihm. Sie trauten sich nicht, woanders hinzuschauen, vor allen Dingen nicht auf die Falltür, auf der noch immer der Soldat stand.

Die Soldaten setzten die Durchsuchung der Scheune fort, bis ein weiterer Soldat hereinkam, offensichtlich ein höherer Dienstgrad, ein Offizier. Es war aber nicht der, der am letzten Dienstag die beiden Unteroffiziere auf dem Hof einquartiert hatte. Er blieb stehen, schaute auf den Boden und hob dann seinen rechten Stiefel, um zu sehen, ob er in etwas hineingetreten war. Dann stellte er sich vor Onkel Harald.

„Also noch mal, Herr Ringsted“, sagte er. Sein Haar war schon grau und er hatte seine Offiziersmütze weit zurückgeschoben. „Wenn Sie uns zeigen, wo sich dieser Spion versteckt hält, dann können Sie nachher mit Ihrer Familie in aller Ruhe zu Abend essen, und meine Leute und ich, wir können auch nach Hause gehen. Wir wissen ...“ Er breitete die Arme aus. „Wir wissen mit Sicherheit, dass Sie Informationen über den Engländer haben.“

Peter registrierte, dass dieser Offizier recht ordentlich Dänisch sprach. Dadurch konnte man ihn gut verstehen. Dennoch war die Situation alles andere als beruhigend, besonders durch den Anblick der vielen Gewehre. Peter versuchte sich zu erinnern, ob sie irgendwann unvorsichtig gewesen waren, so dass die beiden einquartierten Soldaten etwas über Captain Whitbread gehört haben konnten. Er hatte noch immer das Gefühl, dass man das frische Brot riechen konnte, aber vielleicht bildete er sich das auch nur ein. Und wenn die Deutschen über Captain Whitbread Bescheid wüssten, hätten sie dann nicht einfach die Falltür geöffnet?

„Wissen Sie, ich würde gerne den Befehl geben, die Gewehre runterzunehmen ...“ fuhr der Offizier fort. Er lächelte, wobei er beinahe nett wirkte.

Onkel Haralds Gesichtsausdruck blieb unverändert. Er schaute sich um. „Das hätte ich auch gerne“, sagte er mit monotoner Stimme. „Aber ich kann Ihnen nichts über diesen Mann erzählen, wer immer er sein mag und wo immer er auch ist. Ich weiß es nicht.“

Da veränderte sich der Gesichtsausdruck des Offiziers. Er wirkte nicht mehr nett, sondern grimmig. Wütend schnippte er mit dem Finger.

„So, Sie wissen es nicht?“, zischte er. „Dann will ich Ihnen einmal etwas sagen: Unsere Hunde haben sein Versteck draußen auf Ihrer Weide aufgespürt. Nun, vielleicht wird ein intensives Verhör bei uns Ihrem Gedächtnis auf die Sprünge helfen. Aber ich denke, Sie sollten sich den Ärger sparen, Herr Ringsted. Sie sollten auch an Ihre Familie denken, nicht wahr?“

Der Offizier machte zu seinen Männern eine Handbewegung, und diese führten Onkel Harald mit ihren Gewehren im Anschlag zur Tür hinaus. Peter sah, wie Mikkel sich versteifte, als ob er die Soldaten anspringen wollte, aber scheinbar überlegte er es sich anders. Die Kinder blieben bewegungslos stehen, bis die deutschen Armeewagen davongefahren waren. In einem davon befand sich Onkel Harald.

Tante Hanne kam weinend aus der Eingangstür gelaufen. „Harald!“, rief sie und schaute verzweifelt hinter der sich entfernenden Staubwolke her. Marianne eilte zu ihrer Mutter. Dann standen sie zusammen in der Auffahrt und hielten sich weinend fest. Elise lief zu ihnen hinüber und legte die Arme um sie. Peter und Kurt standen in der Scheunentür und rührten sich nicht. Peter wusste nicht, was er sagen sollte, und Kurt war zu geschockt, um etwas zu sagen. Mikkel blieb einen Moment lang hinter ihnen stehen, murmelte dann etwas über Unteroffizier Schneider und Unteroffizier Prochnow und verschwand wieder in der Scheune. Peter hörte, wie die Falltür quietschte, als sie geöffnet wurde.

Einen Moment später erschien Mikkel mit Captain Whitbread. Der Captain atmete tief ein, bevor er etwas sagte. „Mikkel hat mir erzählt, was geschehen ist“, sagte er zu Tante Hanne. Er sprach langsam und deutlich, so dass sie ihn besser verstehen konnte. Außerdem wurde er von Mikkel gestützt. „Ich habe mir schon so etwas gedacht, denn ich habe ja die Geräusche in meinem Versteck gehört.“ Er atmete erneut tief ein und zuckte leicht zusammen. Auch nach Tagen des Ausruhens im Keller sah er blass aus und hatte offenbar auch Schmerzen. „Ich möchte nicht länger die Ursache für solche Unannehmlichkeiten sein. Es tut mir leid, dass es so lange gedauert hat, bis ich Sie verlasse. Mikkel hat

Kontakt zu unserem Verteidigungsministerium aufgenommen, und wir werden bald erfahren, wo und wann sie mich abholen. Ich..."

Obwohl Mikkel ihn stützte, sackte der Captain plötzlich zusammen und fiel beinahe zu Boden. Tante Hanne ging zu ihm, wobei sie sich die Tränen abwischte.

„Captain!", sagte sie beinahe schimpfend. „Sie sind unser Gast, und es geht Ihnen nicht gut. Sie müssen sich hinlegen. Ich weiß nicht, was Sie sich dabei gedacht haben, einfach hier hochzuklettern oder warum Mikkel es zugelassen hat."

Sie half Mikkel, den Captain hochzuheben und zu stützen. „Es tut mir leid, Mutter", entschuldigte sich Mikkel, während sie Captain Whitbread zu seinem Versteck zurückschleppten. „Er wollte es unbedingt."

„Ich weiß, es ist nicht deine Schuld", sagte Tante Hanne.

Mikkel brachte den Engländer zum Keller, während seine Mutter in der Scheune zu Boden sank. Marianne und Elise setzten sich neben sie. Marianne legte den Arm um ihre Mutter. Die beiden begannen wieder zu weinen.

Peter half Mikkel dabei, mit Captain Whitbread die Leiter hinunterzuklettern. Kurt folgte ihnen mit enttäuschtem Gesichtsausdruck.

„Wenn die beiden bloß nicht hierher gekommen wären", beschwerte er sich. „Dieser Schneider und dieser Wie-heißt-er-noch. Ich wette, die haben uns verpfiffen."

„Das wissen wir nicht", entgegnete Mikkel, ohne aufzuschauen. „Vielleicht waren sie es, vielleicht nicht. Das ist aber auch egal. Vater muss wieder hierher und Captain Whitbread so schnell wie möglich weg." Mikkel half dem Engländer, sich wieder hinzulegen.

„Können wir irgendwie helfen, Mikkel?", fragte Kurt hoffnungsvoll. „Ich wette, Peter hat ein paar gute Ideen. Er hat so etwas Ähnliches schon einmal gemacht."

Aber Peter hatte keine einzige Idee. Er wollte sich am liebsten irgendwohin verkriechen. Das alles hier schien ihm mehr, als er verkraften konnte. Er wusste, dass sein Cousin gute Absichten hatte, aber Tatsache war, dass Onkel Harald soeben von Soldaten weggebracht worden war! Als sie wieder hochkletterten, nahm Kurt ihn beiseite. „Was meinst du, Peter?"

Peter geriet in Panik. Schweiß trat ihm auf die Stirn, als wären die deutschen Soldaten noch gar nicht weg. Er zuckte mit der Schulter, damit Kurt seine Hand herunternahm. „Was soll ich wozu meinen?" Er drehte sich um, lief zur Tür und rief mit gereizter Stimme: „Ich will mir deinen dummen Plan gar nicht anhören!"

Sowie er die Worte ausgesprochen hatte, bereute er sie. Er wünschte, er könnte sie zurücknehmen. Peter blieb stehen und drehte sich um. Kurt stand stramm wie eine Statue mitten in der Scheune und sah aus, als ob ihm jemand einen Schlag ins Gesicht verpasst hätte.

Warum kann ich nicht meinen Mund halten? fragte sich Peter. Natürlich hätte er sich gewünscht, sein Cousin hätte gar nicht davon angefangen, aber andererseits wollte er ihn auch nicht verletzen. Tante Hanne und die Mädchen, die noch auf dem Boden saßen, starrten Peter erschrocken an. *Was mach' ich nur?* „Es war ... war nicht so gemeint, Kurt", stammelte er. „Es ... es tut ... tut mir leid. Es ist nur ... ach ich kann es schwer erklären."

Peter dachte an das letzte Jahr zurück, als er seinem jüdischen Freund Henrik geholfen hatte, nach Schweden zu fliehen. Damals hatte er keine andere Wahl gehabt. Es ging um Henriks Leben. Aber jetzt hatten die deutschen Soldaten die Scheune durchsucht, und ... Peter merkte, dass er zitterte vor Angst. Er fasste sich an den Kopf.

Es ist beinahe so wie bei der Flucht nach Schweden, dachte er. Als der deutsche Offizier Onkel Harald nach dem Engländer gefragt hatte, war Peter ein anderer deutscher Soldat eingefallen, der seinen Onkel Morten nach den versteckten Juden gefragt hatte. *Immer suchen die Deutschen jemanden.* Es war wie ein immer wiederkehrender Alptraum. Peter wollte nicht mehr über einen Plan, eine Flucht oder so etwas nachdenken. Er wollte einfach nur ein Kind sein, weit entfernt vom Krieg. Aber wie sollte er das seinen Verwandten erklären?

„Peter?" Elise war aufgestanden und zu ihm herübergekommen. „Alles in Ordnung?"

Peter schaute nicht hoch, sondern nickte nur mit dem Kopf. „Schon in Ordnung", flüsterte er. Aber es war natürlich nichts in Ordnung. Absolut nichts. Elise hielt ihren Bruder an den Schultern fest, als ob er jeden Moment umfallen würde. Und das könnte ihm auch wirklich noch passieren, so schlecht fühlte er sich.

„Dir geht es nicht gut“, fragte Elise. „Was ist los mit dir?“ – „Es ist nur“, sagte Peter schließlich, dass ich mich daran erinnere, was letztes Jahr in Helsingør passiert ist.“ Dann wandte er sich an Kurt. „Ich weiß nicht, wie ich dir das richtig erklären soll. Henrik, mein bester Freund, war Jude ... ich meine, er *ist* Jude ... Wir haben ihn und andere Juden in unserer Wohnung versteckt. Die Deutschen wollten alle Juden wegschaffen. Als wir sie dann nach Schweden bringen wollten, mussten wir.. .“ Er sah seine Schwester an. „Elise und ich haben Henrik mit einem Ruderboot über den Sund nach Schweden gebracht. Wir hatten fürchterlich Angst. Ich weiß nicht ... Jetzt ... es ist, als ob alles noch einmal geschieht. Und ich will einfach nicht mehr daran denken. Außerdem können wir doch sowieso nichts tun ...“

Mehr konnte er nicht sagen. Wenn er noch weitersprach, das wusste Peter, dann würde er anfangen zu weinen oder sonst etwas Peinliches tun. Kurt machte einen Schritt in Richtung Tür.

„Es tut mir leid, Peter“, murmelte Kurt. „Ich wollte nicht ... ich weiß nicht ... ich dachte, dass wir meinem Vater helfen könnten. Oder Pastor Kai. Vielleicht auch dem Captain. Verstehst du, was ich meine?“

„Was auch immer du vorhast“, unterbrach Mikkel, „vergiss es einfach.“

Tante Hanne nickte. „Ich glaube nicht, dass du weißt, wovon du sprichst, Kurt.“

„Ich weiß sehr wohl, wovon ich spreche!“ Kurt wandte sich zu seinem großem Bruder um und wollte sich auf ihn stürzen. Sein Temperament wechselte sehr schnell.

„Sei ihm nicht böse, Mikkel“, mischte sich Peter ein. „Es ist nicht seine Schuld, sondern meine.“

„Nein, das ist es nicht, Peter“, widersprach Mikkel. „Kurt muss auch lernen, erwachsen zu werden.“

„Erwachsen werden?“, fragte Kurt. „Bloß weil du neunzehn bist, brauchst du mir noch lange nicht ...“

„Aufhören!“ Tante Hanne war aufgestanden und warf sich zwischen ihre Söhne. Sie war zwar klein, aber sie hatte keine Hemmungen, dazwischenzugehen, wenn es nötig war.

Mikkel wandte sich an seinen Bruder. „Hör zu, Kurt, ich will doch nicht gemein zu dir sein oder so. Aber das musst du doch einsehen, du kannst nicht einfach da rausgehen und Krieg mit den Deutschen führen. Wir müssen irgendwie Vater aus den Fängen der Soldaten herausholen, und Captain Whitbread muss irgendwie nach England zurück. Aber das ist doch kein Spiel! Das musst du endlich begreifen!“

„Aber wir können doch ...“ Kurt wollte nicht aufgeben. Doch dann wurde er von einer undeutlichen Stimme aus dem Bodenkeller unterbrochen. Sie hatten Captain Whitbread völlig vergessen, der Zeuge ihrer Auseinandersetzung geworden war. Sie gingen zum Keller hinüber und schauten hinunter.

Captain Whitbread stützte sich auf seinen Ellenbogen. „Sorry“, fing er an und räusperte sich. „Ich konnte euch ja nicht überhören. Obwohl ich nicht alles verstanden habe, weiß ich, dass ich der Grund für eure Streitereien bin.“ Er sprach langsam genug, so dass sogar Peter seine Worte verstehen konnte. Der Captain lächelte nicht, und Peter ahnte, dass er es ernst meinte. „Wie ich schon sagte, ihr habt bereits mehr als genug für mich getan. Heute ist Donnerstag. Wir müssten eigentlich ziemlich bald erfahren, wann meine Leute mich abholen wollen. Und ihr, Kinder, unternehmt nichts, um mir zu helfen. Es ist einfach zu gefährlich. Und das ist mein Ernst. Verstanden!“

Peter schaute betreten auf den Boden und schob mit dem Fuß Heu beiseite. Die anderen sagten kein Wort, sogar Kurt blieb still.

„Kurt“, sagte Peter schließlich. „Ich denke, Captain Whitbread hat Recht. Wir können nicht helfen. Es gibt nichts, was wir tun könnten.“

Kurt antwortete nicht. Marianne blieb bei ihrer Mutter. Keiner sagte etwas. Peter hatte das Gefühl, als müsse er raus hier, ein wenig allein sein und nachdenken. „Ich gehe ein wenig spazieren“, sagte er in den Raum. „Ein wenig über die Wiesen ...“

Bevor jemand widersprechen konnte, hatte er sich umgedreht und die Scheune verlassen. Er hoffte, dem Gefühl der Panik, das sich in ihm breit machte, zu entkommen. Alles, was mit Onkel Harald und dem Captain zu tun hatte, nahm ihn innerlich mit.

Trotz des heftigen Regens ging Peter durch

den Wald hinter dem Hof in Richtung der Bucht. Bei einer Schafweide hielt er inne.

Als er aus dem Wald getreten war, war ein greller Blitz vom Himmel gezuckt. Peter war zusammengeschreckt. Wenig später war Donnergrollen gefolgt. Der Sturm schien vom Meer hereinzublasen. Nun stand der Junge still da, ließ sich vom Regen durchnässen, spürte, wie die Tropfen zu Hagelkörnern wurden und dann wieder zu Regentropfen. Er beobachtete einige Schafe, die hinter dem Zaun grasten. Ihre Körper dampften im Regen, während sie ihn anstarrten und dabei unentwegt kauten. Peter fror, ihm war bitterkalt.

Dann hörte Peter, wie jemand seinen Namen rief. „Peter!“ Es war Elise. „Wo bist du?“ Peter dachte einen Augenblick daran, sich zu verstecken, aber er war ja nicht auf seine Schwester böse. Eigentlich war er auf niemanden böse, im Gegenteil, er fühlte sich noch immer schlecht, weil er Kurt so angefahren hatte.

„Hier drüben“, rief er.

Elise trat aus dem Wald und kam zu ihm. Peter lehnte am Zaun.

„Was machst du hier draußen?“, fragte Elise und rang nach Atem.

„Ich schaue mir die Schafe an. Denke nach.“

„Im Regen?“

So standen sie einige Augenblicke zusammen am Weidezaun, beobachteten die Schafe und lauschten dem Regen, der auf die Blätter der ringsum stehenden Bäume prasselte.

Schließlich ergriff Elise wieder das Wort. „Ich

wollte dir nur sagen, dass es mir leid tut", sagte sie mit leiser Stimme.

„Was tut dir leid? Du hast doch keine Schuld."

„Vielleicht nicht. Aber ich glaube, ich habe dasselbe gefühlt wie du, und ich habe nichts gesagt."

„Wirklich?" Obwohl sie Zwillinge waren, schien es Peter manchmal, als ob sie in zwei verschiedenen Welten lebten. Er wusste oft nicht, was seine Schwester dachte.

„Ja." Elises leise Stimme ging fast im Regen unter. „Ich meine ... vielleicht nicht genau dasselbe. Ich war ja nicht die ganze Zeit dabei ... letztes Jahr mit Henrik. Aber ich habe auch Angst."

Obwohl Peter völlig durchnässt war, fühlte er sich zum ersten Mal seit Tagen ein wenig besser. Das war das wichtigste Gespräch, das er seit langem mit seiner Schwester geführt hatte. Er spürte ein kleines Lächeln auf seinem Gesicht.

„Danke", sagte er und fragte sich, ob er noch etwas sagen sollte.

„Aber in einem Punkt irrst du dich", fuhr Elise fort. Das war wieder Elise, die große Schwester.

„Du meinst, dass ich Kurt angebrüllt habe?"

„Na ja, aber daran habe ich gerade nicht gedacht. Ich meine, dass du gesagt hast, wir könnten gar nichts machen." Sie sah ihren Bruder an und wischte sich das nasse Haar aus dem Gesicht. „Wir können doch etwas tun. Du weißt doch, dass wir beim Pastor gebetet haben? Ich glaube, dass Gott uns das Funkgerät geschenkt hat."

Peter war es nicht gewöhnt, solche Dinge aus dem Mund seiner Schwester zu hören. Aber er nickte. Wahrscheinlich hatte sie Recht, wie meistens.

„Du bist überzeugt, dass Gott das getan hat?"

„Damals war ich davon nicht überzeugt, aber ich habe inzwischen darüber nachgedacht, und ich glaube es jetzt schon. Wir haben das Funkgerät gefunden, weil der Junge des Pastors uns gedrängt hat zu beten."

„Ich weiß nicht." Peter wollte das zwar gerne glauben, aber sicher war er sich noch immer nicht. „Meinst du nicht, dass es sowieso passiert wäre? Auch ohne beten?"

„Ich habe dir nur gesagt, was ich glaube. Ich weiß nur, wenn wir beten, geschieht etwas. Wie letztes Jahr in dem Boot nach Schweden. Da habe ich auch gebetet."

„Du auch? Ich dachte, ich wäre der Einzige gewesen, der gebetet hätte."

Elise lachte, und die Stimmung lockerte sich. „Du bist nicht der Einzige in der Familie, der betet, Peter Andersen." Sie wandte sich ab, und Peter dachte, dass sie wieder zum Hof zurücklaufen wollte. Da blieb sie plötzlich stehen und drehte sich um.

„Aber Peter, ich wünschte ..." Ihr Haar klebte vor Nässe am Kopf, was recht lustig aussah. Aber Peter merkte, dass sie etwas Ernstes sagen wollte.

„Du wünschst dir was?", fragte er.

„Ich wünschte ... ich bin froh, dass du auch betest. Das ist toll. Aber es gibt noch mehr, Wichtiges ..." Zum ersten Mal, soweit er sich erinnern konnte, suchte seine Schwester nach Worten. Sie fing noch einmal von vorne an. „Weißt du, Peter, ich bin vielleicht nicht die richtige Person dafür, aber ich wünschte mir, du würdest Jesus in dein Leben aufnehmen."

Peter schluckte. Das war nicht ganz das, was er erwartet hatte. Aber im letzten Jahr hatte Onkel Morten ihm dasselbe gesagt. Peter hatte es damals von sich geschoben. Jetzt schienen alle davon zu sprechen – seine Schwester, seine Tante, Pastor Kai ...

„Jesus in mein Leben aufnehmen?", fragte er. „Einfach so?" Er versuchte Zeit zu schinden, Zeit zum Nachdenken. Aber seine Schwester stand einfach nur da, der Regen klatschte ihr ins Gesicht, sie schaute ihn an und wartete darauf, dass er noch etwas sagte.

„Nein", sagte sie schließlich. „Nein, nicht einfach so. Du hast doch darüber nachgedacht, nicht wahr?"

Peter überlegte, was er sagen sollte. „Ein wenig. Aber was ist mit dir?" Damit gewann er wieder ein wenig Zeit.

„Ich habe es dir schon erzählt. Neulich in der Scheune, als Jakob dabei war." Sie verlagerte ihr Gewicht von ihrem linken auf den rechten Fuß. „Ich war damals erst ein kleines Mädchen. Aber es ist wirklich nicht schwer ..."

Peter fiel nichts mehr ein, um seiner Schwester auszuweichen. Elise machte einen Schritt zurück und sah ihren Bruder an. „Ich bete mit dir, wenn du willst." Ihre Stimme hatte einen fragenden Ton. Aber jetzt wusste Peter, was er wollte, und er nickte. Die Zwillinge beugten ihre Köpfe im strömenden Regen. Peter hörte endlich auf, vor Gott davonzurennen.

„Es tut mir leid, Gott", sagte er. Dann beteten die beiden, dass Jesus in Peters Leben kommen sollte. Peter spürte, dass das Gefühl der Panik, das er die ganze letzte Woche gehabt hatte, von ihm wich.

In der Ferne blökte ein Schaf. Elise lächelte.

Peter fing an zu lachen. Wieder blökte das Schaf. Eine plötzliche Bewegung am Waldrand erregte die Aufmerksamkeit des Jungen. Er sah, dass die Schafe die Köpfe gehoben hatten.

„Schau mal!" Er griff nach Elises Arm. „Was ist das?"

Ein großer Hund rannte über die Weide, direkt auf die Schafe zu. Es war ein Schäferhund. Er bellte wie verrückt, wobei die Schafe auseinanderstoben. Peter hatte keine Vorstellung, wo der Hund hergekommen war, aber er ahnte, dass die Tiere sich in Gefahr befanden. Ohne nachzudenken sprang er über den Zaun auf die kleine Weide und lief dem Hund entgegen.

„Hau bloß ab!", schrie er aus Leibeskräften. „Mach, dass du wegkommst!" Er klatschte in die Hände und rannte weiter auf den Hund zu. Eines der Schafe war gestürzt. Der Hund hielt es mit den Vorderläufen fest. Er hatte bereits Wolle in seinem Maul. Peter wusste nicht, was er tun würde, wenn er das Tier erreichte, aber dieses Schaf würde er dem Schäferhund auf keinen Fall überlassen. Es war ein Lamm, ein Frühlingslamm.

Als er nur noch wenige Schritte von dem sich windenden Lamm und dem knurrenden Hund entfernt war, gab dieser ein tiefes Grollen aus seinem Rachen von sich. Peter blieb vor Schreck stehen. Der Hund schaute auf, ohne jedoch das Schaf lockerzulassen. In den Augen des Hundes flackerte es. Peter zitterte. Jetzt erst fiel ihm auf, dass er es hier nicht mit einem Tier zu tun hatte, das sich von Schreien und Klatschen vertreiben lassen würde.

Einen Stock! Ich brauche etwas, um nach diesem Monster zu schlagen. Herr, hilf. Er sah sich hektisch um, aber alles, was er entdeckte, waren ein paar Steine. *Die müssen genügen.*

Er ging ein paar Schritte, nahm einen Stein in die Hand und zielte. Dann warf er so kräftig er konnte. Der Stein traf den Hund in der Seite, aber der zuckte kaum. *Was ist das für ein Monster? Ein Wolf?* Das völlig verschreckte Schaf lag inzwischen auf dem Rücken, streckte hilflos seine Beine in die Luft und gab ein herzzerreißendes Blöken von sich. Die übrigen Schafe hatten sich an das andere Ende der Weide geflüchtet. Der Hund ließ immer noch nicht los und knurrte noch lauter. Peter nahm einen zweiten Stein hoch und wollte ihn gerade auf das Tier werfen, als er von der Seite her einen lauten Pfiff hörte.

Der Hund reagierte sofort. Er ließ das Lamm los und trottete sorglos zu seinem Besitzer hinüber, einem deutschen Soldaten. Der Mann, der sich gegen den Zaun gelehnt hatte, stellte sich nun auf den Stacheldraht und trat ihn nieder. So konnte der Hund die Weide wieder verlassen.

Der Soldat legte ihn an die Leine und klopfte ihm auf den Rücken. „Guter Hund“, lobte er das Tier, laut genug, dass Peter es hören konnte.

Der Soldat lachte, dann drehte er sich um und verschwand mit seinem Hund im Wald. Peter stand im Regen und starrte ihnen hinterher. *So sind also die Schafe umgekommen,* dachte er und ballte die Fäuste. Er kniete sich hin und half dem Lamm wieder auf die Beine. Wenigstens sah dieses Schaf noch unversehrt aus. Voller Angst sprang es sofort zu seiner Mutter.

Elise kam zu ihrem Bruder gelaufen. „Bist du in Ordnung?“, fragte sie atemlos. „Ich habe gedacht, der Hund würde dich anfallen.“

Peters Beine zitterten ein wenig, aber sonst fühlte er sich merkwürdigerweise normal, eigentlich sogar ganz gut. Darüber wunderte er sich dann doch. „Ich bin in Ordnung. Hast du gehört, wie er geknurrt hat?“

„Ja! Aber den Soldaten habe ich erst gesehen, als er gepfiffen hat.“

Peter atmete tief ein und schaute dann zu den Schafen hinüber. Das angegriffene Lamm lief schon wieder friedlich neben seiner Mutter her, fraß Gras und benahm sich, als ob nichts geschehen wäre.

„Peter, was meinst du, wollen wir zurück auf den Hof?“, fragte Elise. „Wir sind beide völlig durchnässt.“

„Ja, lass uns gehen!“ Peter blickte noch einmal zu den Schafen zurück und folgte dann seiner Schwester durch den Wald.

10. Geheimnisvolle Warnung

Tante Hanne stand nicht mehr am Fenster, als sie durch die Tür traten, aber Peter hatte gesehen, dass sie nach ihm und seiner Schwester Ausschau gehalten hatte. Sie kam ihnen mit zwei trockenen Handtüchern entgegen. Ihr Blick drückte Besorgnis aus.

„Ziemlich nass da draußen, nicht wahr?" Sie gab jedem ein Handtuch.

„Wir haben vielleicht etwas erlebt!", sagte Elise und trocknete ihr Haar. Marianne saß in einer Ecke der Küche und strickte. Kurt schälte Mohrrüben und Mikkel fummelte am Radio herum. Es war beinahe halb sieben, Zeit für die Nachrichten der BBC. Peter schaute sich um. Etwas war anders.

„Wo sind Unteroffizier Schneider und Unteroffizier Prochnow?", fragte er.

Mikkel schaute auf. „Sie sind ausgegangen. Als sie von der Radarstation zurückgekommen sind, haben sie ein paar Sachen eingepackt und sind für das Wochenende verschwunden. Was habt ihr denn erlebt?"

„Da war ein Hund", erklärte Elise. „Ein Schäferhund. Er kam durch den Zaun auf die Weide hinter dem kleinen Wald und ..."

„Sind die Schafe in Ordnung?", unterbrach Marianne.

„Ja, schon, glücklicherweise. Peter ist hingelaufen und hat den Hund verjagt."

Das stimmt ja nur halb. *Das kann ich so nicht stehen lassen,* dachte Peter. „Nicht ganz", ergänzte er. „Ich habe ihn nicht verjagt, Elise."

Seine Schwester sah ihn an, als wäre er dabei, ein Geheimnis zu verraten. „Von dort, wo ich stand, sah es aber so aus."

„Du bist auf die Weide gegangen, um einen Schäferhund zu verjagen?", fragte Kurt. Er schien beeindruckt zu sein.

„Ja, das schon." Peter zuckte mit den Schultern. „Aber ich konnte ihn nicht dazu bringen, das Lämmchen loszulassen." Jetzt schaute auch Mikkel interessiert von seinem Radio auf. „Was meinst du mit loslassen? Hat der Hund etwa ein Lamm erwischt?"

„Ja", sagte Peter. „Aber es ist ihm nichts geschehen, da bin ich mir sicher. Der Hund hat bestimmt nur in die Wolle gebissen. Ich habe dann mit Steinen nach ihm geworfen, aber das hat ihm nichts ausgemacht. Er hat nur dagelegen und geknurrt. Erst als der Soldat gepfiffen hat ..."

Jetzt mischte sich Tante Hanne ein. „Soldat? Waren etwa Soldaten dort? Also, jetzt erzähl uns das doch bitte ganz genau."

Sie setzten sich alle um den Küchentisch. Peter und Elise brauchten etliche Minuten, um bis in alle Einzelheiten zu erzählen, was auf der Weide passiert war. Nur dass sie gebetet hatten, das verschwiegen sie. Peter war sich auch nicht sicher, ob er überhaupt darüber reden wollte.

Tante Hanne hatte ihnen ohne zu unterbrechen zugehört. Als die Zwillinge ihren Bericht beendet hatten, seufzte sie und schüttelte den Kopf. „Es tut mir so leid, dass ihr hier bei uns so schlimme Sachen erleben müsst.“ Sie legte ihre Hand auf Elises.

„Es ist schon gut, Tante Hanne“, sagte Elise.

„Ja, wirklich, Tante Hanne“, wiederholte Peter. „Es ist nicht so schlimm. Und wenn wir nicht dagewesen wären, hätte der Hund das Lamm wahrscheinlich gerissen.“

„Das ist nicht der Punkt, lieber Neffe.“ Tante Hanne war aufgeregt. „Die Sache ist die, dass ich meiner Schwester versprochen habe, dass wir uns gut um euch kümmern, und dass ihr auf unserem Bauernhof in Sicherheit seid. Aber kaum seid ihr hier, taucht auch schon die gesamte deutsche Armee in unserem Wohnzimmer auf. Von der British Air Force will ich gar nicht reden.“ Sie winkte mit der Hand in Richtung der Scheune, in der sich Captain Whitbread versteckt hielt. „Und jetzt haben sie auch noch euren Onkel Harald abgeführt.“

Einen Augenblick schien es, als könnte sie nicht weitersprechen. Marianne schob ihren Stuhl näher an ihre Mutter heran und legte ihr den Arm um die Schultern.

Tante Hanne seufzte tief, und ihre untere Lippe zitterte. „Ich sage das wirklich ungern“, sagte sie mit brüchiger Stimme, „aber es wäre für euch das Beste, wenn ihr sobald wie möglich nach Helsingør zurückkehrt.“

„Mama, was soll denn das heißen?“, fragte Kurt und legte die Mohrrüben, die er in der Hand hielt, beiseite.

„Das soll heißen“, sagte seine Mutter, „dass sich unser Hof in einen Kriegsschauplatz verwandelt hat und nicht mehr sicher ist.“ Sie stützte ihren Kopf auf. „Wenn doch nur Harald wieder da wäre.“

„Ha, ich hab ihn!“, rief Mikkel plötzlich von der anderen Zimmerseite her. Er hatte sein Ohr die ganze Zeit am Radio gehabt, deshalb hatte er von dem, was seine Mutter gesagt hatte, nicht viel mitbekommen.

„Mikkel, können wir uns dieses Nachrichtenprogramm nicht morgen anhören?“, fragte Marianne vorwurfsvoll.

Mikkel schüttelte den Kopf. „Auf gar keinen Fall. Heute erhalten wir vielleicht die Botschaft. Ich meine, wann die Engländer kommen und den Captain holen.“

Peter hatte gar nicht mehr daran gedacht. „Wie war doch gleich der Codename?“

„Achtet darauf, ob sie irgendwann den Namen ‚Dagmar‘ erwähnen!“ Mikkel drehte die Lautstärke auf so weit es ging. Trotzdem zischte und brummte es, als würde ein Sturm vorüberziehen. Sie konnten in dem Lärm nur wenige Worte ausmachen. Es war aber tatsächlich die BBC. Tante Hanne tupfte sich die Augen mit einer Serviette ab und schob ihren Stuhl herum, so dass sie ins Wohnzimmer sehen konnte.

„Und jetzt“, hörten sie eine Stimme sagen, „Grüße an unsere ...“

Die Stimme ging im Zischen unter und Mikkel presste sein Ohr dicht gegen den Lautsprecher.

„... an ihrem fünfzigsten Hochzeitstag“, ertönte der Sprecher wieder. „Und an unsere Freundin Dagmar, die heute Abend Geburtstag hat. Ihre Freunde treffen sich um zehn Uhr fünfundvierzig zu einem wunderbaren Fischessen. Jens grüßt Jorgen, der gerne ..."

Der Sprecher grüßte noch eine ganze Reihe von Leuten. Schließlich schaltete Mikkel das Radio aus.

„Wie, das war's?", fragte Kurt. „Was sollte denn dieses Zeug mit dem Geburtstag?"

„Ja, weißt du denn nicht mehr? Ich habe dir doch erklärt, wie diese Mitteilung funktioniert." Mikkel setzte seine Schulmeisterstimme an. „Dagmar, das sind wir, ich meine, Captain Whitbread. Wir wissen ja bereits, wo sie ihn abholen wollen, nämlich 55 Grad, 33 Minuten, 30 Sekunden." Er schaute auf die Notizen, die er sich gemacht hatte und dann auf die Karte. „Das ist in der Nähe des Leuchtturms an der Blåvands Huk. An der Küste, in unserer Richtung. Und die Feier ist heute Abend um 10.45 Uhr."

„Viertel vor elf? Heute Abend!" Kurt stieß einen Pfiff aus. „Wie bekommen wir den Captain zur Küste? Und wer holt ihn eigentlich ab? Außerdem ist es ja bereits sieben."

„Als allererstes, Kurt: ‚Wir' werden ihn nirgendwo hinbringen. Offensichtlich hast du das schon vergessen. Du wirst schön hier bleiben, die Schafe versorgen und auf Papa warten." Mikkel schlug in Erwartung eines Streites die Arme übereinander. „Und Dagmar veranstaltet ein Fischessen. Das bedeutet, ein U-Boot kommt."

„Toll!", sagte Kurt beeindruckt. „Ein richtiges U-Boot?"

„Natürlich ein richtiges U-Boot“, antwortete Mikkel ungeduldig. „Aber wir werden es nicht zu sehen bekommen, das heißt, du wirst es bestimmt nicht zu sehen bekommen. Ich bringe den Captain an die Küste, gebe Lichtzeichen – und das war es dann auch schon.“

„Übrigens“, meldete sich Tante Hanne zu Wort, „unser Abendessen ist bestimmt ganz verkocht. Es ist schon so lange fertig. Und Mikkel, bevor du gehst, kannst du bitte versuchen, den Bahnhof in Varde anzurufen und fragen, wann morgen die Züge fahren?“

Peter hatte plötzlich großen Hunger und setzte sich an den Tisch. Es gab Mohrrüben und Kartoffelsuppe. Er war froh, dass die beiden Unteroffiziere heute Abend nicht da waren, sonst hätten sie wohl kaum Radio hören können. Aber er war auch enttäuscht, dass Elise und er wieder nach Helsingør fahren sollten. Er schaute zu seiner Schwester hinüber. Elise zuckte nur leicht mit den Schultern. Er ahnte, dass sie aus Höflichkeit nichts mehr sagen würde, besonders nicht zu Tante Hanne.

Bevor Peter seinen Teller leer gegessen hatte, kam Mikkel zurück.

Tante Hanne schaute ihn fragend an: „Nun? Wann fährt der Zug?“

„Überhaupt nicht“, erwiderte Mikkel. „Ein paar Freunde von mir haben auf der Strecke nach Varde einige Bahngleise gesprengt. Es wird also mindestens eine Woche lang keinen Bahnverkehr geben.“

Tante Hanne lehnte sich nach hinten und

seufzte. „Bist du sicher? Wer hat dir das erzählt?“

„Ich habe einen Kontaktmann in der Stadt angerufen, Mutter, und er hat es mir erzählt. Dann habe ich am Bahnhof angerufen und dort hat man mir dasselbe gesagt. Sie werden mindestens vier bis fünf Tage brauchen, um die Reparatur durchzuführen. Vielleicht länger. Die Deutschen werden stinksauer sein.“

„Aber warum sollte jemand so etwas tun?“, fragte Kurt. Er hatte zu essen aufgehört.

Mikkel runzelte die Stirn. „Denk mal nach. Warum sollte wohl jemand die Deutschen aufhalten wollen? Das ganze letzte Jahr über haben sie im ganzen Land Schienen gesprengt. Mich überrascht eher, dass sie solange gebraucht haben, um sich diese Strecke vorzunehmen.“

„Ach so“, erwiderte Kurt. Dann hellte sich sein Gesicht auf. „Das bedeutet ja, dass Peter und Elise noch länger hier bleiben müssen!“

Ein kleines Lächeln huschte über Tante Hannes Gesicht. Aber dann merkte sie es und wurde wieder ernst. „Sieht so aus, als haben wir keine andere Wahl, nicht wahr?“

Kurt schüttelte Peter begeistert die Hand. Peter kam sich ein bisschen albern vor, aber er freute sich natürlich, dass er noch länger bleiben konnte, wenn auch nur ein paar Tage.

Tante Hanne war gerade dabei, den Tisch abzuräumen, als ihre Unterhaltung durch ein lautes Klopfen an der Tür unterbrochen wurde. Peter schaute seine Tante an. Er hatte den Eindruck, dass sie gleich die Schüssel fallen lassen würde.

Marianne schob ihren Stuhl zurück und sprang auf. „Ich gehe!", rief sie.

„Nein!", sagte Tante Hanne und stellte die Schüssel wieder hin. „Dein Vater würde niemals klopfen. Ich mache auf."

Aber Mikkel war bereits an die Tür geeilt und öffnete sie vorsichtig einen Spalt. Frau Steffensen, die Frau des Pastors, stand draußen völlig außer Atem. Sie war in einem schlimmen Zustand, dem Weinen nahe und völlig durchnässt. Jakob stand hinter ihr. Er hatte sich an ihr Bein geklammert. Mikkel öffnete die Tür ganz. Tante Hanne zog scharf die Luft ein und stand auf.

„Frau Steffensen!", rief sie. „Was machen Sie draußen im Regen? Stimmt etwas nicht? Kommen Sie herein!"

Marianne ging Handtücher zum Abtrocknen holen. Tante Hanne holte Stühle. Frau Steffensen konnte anfangs kein Wort herausbringen.

„Es ist wegen Kai", stammelte sie schließlich zwischen Schluchzern. „Eine ... eine Nachricht." Dann begann sie wieder zu weinen und vergrub den Kopf in ihren Händen. Tante Hanne kniete sich neben sie und legte ihr den Arm um die Schulter. Währenddessen kam Marianne mit den Handtüchern zurück. Der kleine Jakob sagte nichts, aber seine Augen waren vor Angst ganz geweitet.

„Was für eine Nachricht?", fragte Tante Hanne. „Können wir etwas tun?"

Frau Steffensen, immer noch unfähig zu sprechen, holte einen zerdrückten Umschlag aus ihrer Manteltasche und gab ihn Tante Hanne.

„Pastor ..." begann Tante Hanne zu lesen. Dann schwieg sie einen Moment und überflog den Brief, während die anderen warteten. Schließlich gab sie ihn Mikkel. „Mein Deutsch ist nicht so gut."

Mikkel strich das nasse, zerknüllte Papier glatt. Dann las er und übersetzte für die anderen. „Pastor." Er kniff die Augen zusammen, als er versuchte, die Worte auszumachen. „Du bist auf der Liste der Unruhestifter, die getötet werden sollen. Verstecke dich. Hau ab ... von hier. Gehe nicht nach Oksby. Sage keinem, dass du gewarnt wurdest, sonst werde ich ..." Mikkel suchte nach dem Wort. „... hmmm, bestraft." Er schaute Frau Steffensen an. Sein Gesicht war aschfahl geworden. Peter klammerte sich an seinem Stuhl fest.

„Woher haben Sie das?", fragte Tante Hanne.

„Jakob hat es auf der Haustreppe gefunden", erklärte Frau Steffensen, die langsam wieder zu Atem kam. „Als ich zum Fenster hinausschaute, sah ich gerade einen jungen Mann weglaufen. Ich habe ihn aber nicht erkannt. Er war nicht älter als achtzehn oder neunzehn Jahre."

Mikkel schüttelte den Kopf. „Jedenfalls war es niemand vom Untergrund. Aber wer kann sonst über solche Dinge wissen? Doch nur ein Deutscher." Er wandte sich an die Frau des Pastors. „Hatte er eine Uniform an?"

Frau Steffensen überlegte einen Moment. „Ich glaube nicht ... nein. Er hatte zwar einen Mantel an, aber das war bestimmt kein Armeemantel. Allerdings waren seine Hosen grau. Das könnten Uniformhosen gewesen sein!"

„Warum sollte ein deutscher Soldat solch eine Nachricht schreiben?“, fragte Peter.

„Wenn es überhaupt ein Deutscher war, was wir nicht wissen“, sagte Mikkel und rieb sich die Wange. „Hört euch noch den Rest an. Hier steht noch: „Gott wird denen, die Pastoren umbringen, nicht vergeben.“

„Mann!“, pfiff Kurt beeindruckt. „Der hat ein schlechtes Gewissen! Meinst du, dass es wirklich ein Nationalsozialist war, Mikkel?“

„Vielleicht“, sagte Mikkel stirnrunzelnd. „Aber mit einem hat er Recht. Wenn es rauskommt, dass er uns gewarnt hat, wird er bestraft. Seine Situation wäre dann so schlimm wie die des Pastors.“ Ihm fiel noch etwas ein. „Wo ist eigentlich Pastor Kai?“

„Er hat kurz bevor wir diese Nachricht gefunden haben, einen Anruf bekommen“, erklärte Frau Steffensen. „Kai ist ziemlich schnell aufgebrochen. Er hat mir nur gesagt, dass jemand seine Hilfe braucht. Aber wo er ist, weiß ich wirklich nicht.“

„Ich weiß es aber.“ Es war das erste, was Jakob von sich gab. Alle sahen den kleinen Jungen erstaunt an.

„Du weißt, wo Papa hingefahren ist?“ Frau Steffensen nahm ihren Sohn auf den Schoß und schaute ihm in die Augen. „Warum hast du mir das denn nicht gesagt?“

„Du hast mich doch nicht gefragt.“ Jakob zappelte ungeduldig. „Papa ist nach Oksby. Das hat er mir gesagt, als ich ihm nachgelaufen bin.“ Der kleine Junge verstand natürlich nicht, was er da gerade gesagt hatte, aber Peter erkannte sofort die ganze Tragweite. *In dem Brief stand, dass er nicht nach Oksby gehen sollte! Und jetzt fährt er genau dorthin!*

Die anderen hatten jetzt auch begriffen. Mikkel schlug sich mit der Faust auf die offene Handfläche. „Ich habe es ihm gesagt!“ Seine Stimme überschlug sich. „Ich habe ihm gesagt, dass er auf der Liste steht! Aber er wollte es mir nicht glauben. Jetzt seht ihr, was los ist!“

„Mikkel!“ Seine Mutter versuchte ihn zu beruhigen. „Das nützt jetzt auch nichts.“

„Was denn für eine Liste?“ Jakob hatte nicht viel verstanden, wollte aber unbedingt alles wissen. Peter hatte keine Lust, es ihm zu erklären.

„Schon gut, Jakob.“ Seine Mutter hörte sich eher so an, als ob sie ihn nach einem Sturz trösten wollte. Sie fuhr ihm mit den Fingern durch das kurze Haar.

Peter dachte an Pastor Kai, der jetzt nichtsahnend auf seinem Fahrrad auf dem Weg nach Oksby war und dem jemand in den Büschen auflauerte. *Wir können doch nicht einfach hier sitzen und reden,* ging es ihm durch den Kopf. Doch dann griff er nach seiner Jacke, die noch vom Regen durchnässt war. Elise musste wohl denselben Gedanken gehabt haben, denn sie ging zum Schrank und nahm ihren grauen Anorak heraus.

„Was habt ihr denn nun wieder vor?“, fragte Mikkel und stützte seine Hände in die Hüften.

Peter starrte seinen älteren Cousin an. Doch er wusste es genau. Es war gar keine Frage, was er jetzt zu tun hatte.

„Wir versuchen, Pastor Kai einzuholen“, sagte Peter. Er ging mit Elise zur Tür.

„Moment mal!“, rief Tante Hanne nervös dazwischen. „Ihr glaubt doch nicht etwa, dass ich das zulasse.“

Peter hatte bereits die Türklinke in der Hand. „Ich möchte nicht respektlos sein, Tante Hanne, aber wir müssen es doch wenigstens versuchen ...“

Es entspann sich ein schweigsamer Willenskampf, während alle zu Tante Hanne hinschauten. Die Tante wusste nicht, was sie tun sollte und rieb sich unsicher über den Nacken. Dann schaute sie zur Frau des Pastors hinüber.

„Wenn nur Harald hier wäre“, flüsterte sie schließlich. Dann wandte sie sich an ihren ältesten Sohn. „Mikkel, kannst du wenigstens mit ihnen gehen?“

„Ja schon, Mutter, aber ich glaube, es ist besser, wenn ich ins Dorf laufe und versuche, ein Auto aufzutreiben. Wir können den Captain mitnehmen und dann alle gemeinsam auf das U-Boot warten.“

Der Captain! Bei dem ganzen Gerede über den Pastor hatten sie doch tatsächlich Captain Whitbread vergessen. Peter dachte einen Moment daran, dass er ja im Keller saß und von all dem hier gar nichts mitbekam. Mikkel würde mit ihm reden müssen.

Frau Steffensen war jetzt völlig durcheinander. Offensichtlich hatte sie keine Ahnung, wo der Captain war, noch wusste sie etwas von einem U-Boot. Mikkel winkte ihr zu, dass sie ihm nach draußen folgen sollte.

„Keine Sorge, Frau Steffensen“, Mikkel hatte wieder die Führung übernommen. „Ich erkläre Ihnen alles im Auto.“

Es sah so aus, als ob Tante Hanne die Entscheidung abgenommen worden war. Peter öffnete die Haustür. Der schwere Geruch des Regens wehte zur Tür hinein.

„Warte, Peter“, ließ sich Kurt vernehmen und zog ebenfalls seinen Mantel über. „Marianne und ich, wir kommen auch mit! Nicht wahr, Marianne?“ Marianne holte ihren Anorak.

„Marianne!“ Tante Hanne schaute ihre Kinder hilflos an. „Mama, wir passen auf, dass uns niemand auf der Straße sieht“, sagte Marianne selbstsicher. „Wir wollen doch nur den Pastor suchen. Es gibt zwei Straßen nach Oksby, wir werden uns also aufteilen müssen.“

Peter stellte sich in Gedanken erneut die Landkarte vor, das Dreieck der Straßen zwischen dem Bauernhof, Ho und Oksby, beziehungsweise der Blåvands Huk. Marianne hatte Recht. Der Pastor konnte beide Straßen genommen haben. Jedenfalls brauchten sie alle keine Ermutigung mehr. Mikkels deutliche Warnung, sich nicht mehr einzumischen, war beiseite gelegt worden. Sie waren zur Tür hinaus und auf den Rädern, noch bevor jemandem ein Einwand eingefallen war. „Egal, welches Auto wir kriegen“, rief Mikkel ihnen noch nach, „wir fahren auf jeden Fall den langen Weg nach Oksby und holen euch ab, klar? Ich kümmere mich um den Captain. Denkt dran, ihr sollt Pastor Kai nur finden. Unternehmt bloß nichts, wenn noch jemand bei ihm ist. Nur finden!“

„Alles klar!“, schrie Peter durch den Regen zurück. Er hatte immer noch Angst, aber das ungute Gefühl im Magen war verschwunden. Es war durch ein anderes Gefühl ersetzt worden, das er aber nicht beschreiben konnte.

„Glaubt ihr, dass die Deutschen ihn wirklich umbringen?“, fragte Kurt, während sie auf ihren Rädern lospreschten. „So wie es in dem Brief steht?“ Keiner antwortete.

Einen Augenblick später waren sie bereits am Ende der langen Auffahrt. Die dunklen Wolken würden den langen Sommerabend verkürzen, so dass ihnen nach Peters Schätzung noch etwa zwei Stunden Helligkeit bleiben würden. Vielleicht ein bisschen mehr. Wenigstens regnete es nicht mehr ganz so heftig. Peter war es ziemlich egal, er war noch nass von dem langen Spaziergang.

„Elise und ich fahren am besten die kurze Strecke und ihr die lange“, schlug Peter vor. „Den kürzeren Weg kennen wir schon, und ihr kennt den anderen gut.“

„In Ordnung“, stimmte Marianne zu.

„Ja“, sagte Kurt. „So müssten wir ihn auf jeden Fall finden.“

„Wie groß mag sein Vorsprung sein?“, fragte Elise.

Marianne räusperte sich. „Kommt darauf an, wie lange er dort geblieben ist, wo er hin wollte. Wenn er vor 45 Minuten losgefahren und eine halbe Stunde geblieben ist, müssen wir also nur noch 15 Minuten aufholen. Es ist jetzt halb acht, nicht wahr?“

Keiner antwortete, denn nun bogen sie nach

rechts ab in Richtung Ho, wo Peter und Elise dann links abbiegen würden, während Kurt und Marianne weiter durch das Dorf fahren mussten, bis zur Abzweigung. Erst dort würden sie nach links abbiegen.

„Wir treffen uns in Oksby?“, fragte Peter.

„Ja“, stimmte ihm Kurt zu. „Ihr seid bestimmt zuerst da. Am besten, ihr wartet beim Gasthaus auf uns. Es sei denn, es sind Deutsche in der Nähe. Dann geht zur Kirche!“

Peter wollte sich zu Elise umdrehen, doch die sprintete schon auf dem Rad die Straße hinunter. Sie warf Peter über die Schulter einen Blick zu.

„Komm schon“, rief sie ungeduldig. „Beeil dich.“

Das waren die letzten Worte, die gesagt wurden, denn sie benötigten ihren Atem zum Fahrradfahren. Peter versuchte, die Schlaglöcher im Weg und die hölzernen Reifen zu vergessen. Stattdessen stellte er sich vor, dass er bei der berühmten Tour de France mitfuhr und sie gerade dabei waren, die Alpen zu überqueren. Außer einem Fahrer lagen alle anderen hinter ihm und seiner berühmten Teamgefährtin Elise. Er musste sich anstrengen, um den Fahrer vor sich einzuholen. Peter beugte den Kopf vor und trat so schnell er konnte in die Pedale, bis er seine Schwester eingeholt hatte. Irgendwie blieb Elise mit ihm auf gleicher Höhe. Sie fuhren an zwei weiteren Bauernhöfen vorbei, bevor sie sich aufteilten. Kurt winkte nochmals, als er und Marianne weiter geradeaus fuhren. „Mal sehen, wer den Pastor zuerst findet!“ Sogar jetzt noch schien Kurt die Sache als ein Spiel zu betrachten. Peter schüttelte den Kopf, als er und Elise den Weg nach Oksby und der Blåvands Huk einschlugen. Ob sie Pastor Kai hier finden würden?

„Achtung, Schlaglöcher!“ Elises Warnung brachte ihn in die Realität zurück, aber es war bereits zu spät. Sein hölzernes Rad ratterte in ein besonders großes Loch, und das Gefährt ruckte zur Seite. Peter sauste über den Lenker, flog durch die Luft und landete auf Händen und Knien im Kies.

„Peter!“ Elise hielt an, ließ ihr Rad liegen und rannte zu ihrem Bruder. Sie half ihm auf. Peter kämpfte mit den Tränen. Noch vor zwei Jahren hätte er jetzt losgeheult. Doch nun biss er die Zähne zusammen. Elise half ihm, Steinchen von seinen Knien zu entfernen.

„Dafür haben wir keine Zeit“, stöhnte Peter und stand mit zitternden Beinen wieder auf. Er besah sich sein Fahrrad. Irgendwie war das Holzrad ganz geblieben, und offensichtlich funktionierte alles noch. Trotzdem, als er es anschob, wackelte es ganz schön.

„Kannst du weiter?“, fragte Elise. Peter nickte. Da klopfte sie ihm leicht auf den Rücken. „Zum Glück hattest du nicht deine lange Hose an. Du hättest bestimmt die Hosenbeine zerrissen.“

Peter lächelte über den Witz. Wenigstens vermutete er, dass es ein Witz sein sollte. Sein linkes Bein blutete, sein Strumpf hatte bereits rote Flecken. Beide Knie brannten furchtbar.

„Es geht mir gut.“ Peter sprang wieder auf sein Rad und fuhr los. Er würde den Schmerz eben ignorieren müssen.

Der Regen hörte auf. Elise gab den Takt vor: Dreißigmal treten, dreißigmal rollen. Also: Treten, bis dreißig zählen; rollen, bis dreißig zählen ... Nach einer Weile vergaß Peter sogar seine Knie.

„Geht es?", fragte Elise, während sie nebeneinander herfuhren. „Ja, ja! Alles in Ordnung." Er schaute nach vorne und hoffte, den Pastor zu sehen. Ein Fahrrad, einen Mann, irgendetwas.

Die Landschaft hatte sich verändert. Um sie herum waren niedrige, sanfte, heidebedeckte Hügel. Dazwischen lagen kleine Wäldchen. Obwohl die Wolken bereits viel vom Tageslicht wegnahmen, konnten sie über die Hügel bis zum Meer blicken, besonders wenn sie auf eine Kuppe kamen.

Sie fuhren einen Kilometer, dann noch einen und einen weiteren. Und immer noch kein Anzeichen von Pastor Kai. Überhaupt war auf der Straße kein Mensch zu sehen. Wenn sie so weiterführen, würden sie bald Oksby und das Meer erreichen. Und weiter ging es, immer im dreißig-dreißig-Takt.

„Eigentlich müssten wir Pastor Kai hier irgendwo sehen, meinst du nicht auch?", fragte Elise ihren Bruder, als sie gerade wieder einen kleinen Hügel hochfuhren. Oben konnte Peter über zwei niedrigere Hügel hinwegblicken und gerade noch die Straße erkennen, die sich ihren Weg nach Oksby bahnte. Er wollte gerade seiner Schwester antworten, als es ihm plötzlich die Sprache verschlug.

Auf dem zweiten, dem hinteren Hügel, kamen

zwei Radfahrer in ihre Richtung gefahren, die ersten Menschen, die sie auf der Straße sahen. Sie waren aber noch ein Stück entfernt, und Peter konnte nicht erkennen, ob sie ihn und Elise auch schon bemerkt hatten. In diesem Moment fiel ihm eine auf einem Fahrrad sitzende einsame dunkle Gestalt auf, die zwischen ihnen und den beiden anderen Radfahrern über den vorderen Hügel kam. Die langen Beine und die dunkle Jacke waren nicht zu verkennen. *Pastor Kai!*

Ohne ein Wort wussten die Zwillinge, was jetzt zu tun war. Sie mussten den Pastor vor den anderen beiden Männern erreichen, ihn warnen und sich rechtzeitig verstecken. Das war natürlich kein toller Plan, aber viel Auswahl hatten sie nicht.

Es bestand eine kleine Chance, dass die Männer sie noch nicht gesehen hatten. Die Hügel und kleinen Vertiefungen in der Straße verbargen sie nur unzureichend. *Aber,* dachte Peter, *es wird bereits dunkel.* Elise und er traten in die Pedale, sie wurden schneller und schneller.

Rufen kann ich nicht, dachte Peter, während sie den Hügel hinuntersausten. *Und umkehren kann ich auch nicht.* Der Gedanke war ihm für einen Augenblick gekommen – dass es vielleicht am besten wäre, einfach zurückzufahren. Stattdessen trat er noch schneller in die Pedale, angetrieben durch die Wut bei dem Gedanken, dass jemand Pastor Kai oder seiner Familie Böses antun könnte. Elise schaute stur nach vorn und bemühte sich, mit ihrem Bruder mitzuhalten.

Sie dürfen nicht, sie dürfen nicht. Peter wiederholte diesen Gedanken im Takt der Räderdrehung. Sie kamen wieder durch eine Vertiefung, so dass Peter sich aufstellte und versuchte, den Pastor zu sehen.

Sie werden es nicht, sie werden es nicht, wiederholte er, während er über den Kiesweg raste. Elise fuhr neben ihm, keine Sekunde langsamer. Er hätte nie gedacht, dass sie so schnell fahren könnte. Er vergaß zu atmen, vergaß seine schmerzenden Lungen, seine blutenden Knie. Alles tat ihm weh, und jeder Atemzug brannte wie Feuer, aber er fuhr trotzdem weiter.

Nebeneinander schossen sie über die nächste Kuppe, als ob sie Flügel hätten. Dabei rammten sie beinahe Pastor Kai, der mitten auf der Straße stand. Er war abgestiegen und hatte sein Rad zwischen die Beine geklemmt. Die beiden Radfahrer standen links und rechts neben ihm.

Der ältere von beiden schaute Peter und Elise an. Sein Gesichtsausdruck zeigte deutlich, dass es sich hier nicht um ein freundliches Schwätzchen handelte. Der Mann war rundlich und schien trotz des kühlen Wetters zu schwitzen. Er wirkte mit seinem grauen Anzug und einem steifen Hut deplaziert. Ein Landwirt war er jedenfalls nicht.

„Peter!“, rief Pastor Kai überrascht aus. „Elise! Wie kommt ihr denn hierher?“

Peter fehlten die Worte.

11. Die Hütte am Meer

Was soll ich jetzt machen?, schoss es Peter durch den Kopf. Er konnte zwischen zwei ächzenden Atemzügen gerade ein: „Ach hallo, Pastor Kai!“, herauspressen. Elise keuchte noch schlimmer als er.

Der Pastor lächelte. „Holt erst einmal Luft! Ihr seid ja ganz außer Atem“, sagte er zu den Zwillingen. Dann wandte er sich wieder den beiden Männern zu. „Nun, meine Herren, wie ich schon sagte, wir freuen uns immer, Gäste im Gottesdienst begrüßen zu können. Der Gottesdienst beginnt um elf Uhr. Das wollten Sie doch wissen.“

Der jüngere Mann, der etwa in Mikkels Alter war, sah aus, als ob er auf Anweisungen des älteren wartete. „Was meinst du, Heinrich?“, fragte er. „Die Kinder auch?“

Sowie der Jüngere zu reden angefangen hatte, wusste Peter, dass er Däne war.

Der ältere Mann sah Peter direkt in die Augen, ein Blick, der den Jungen erschauern ließ. Peter stockte der Atem. *Wir müssen hier weg,* dachte er.

Der Pastor wollte wieder auf sein Rad steigen und weiterfahren, doch der Mann blockierte mit seinem Fahrrad den Weg. Er schaute sich nicht einmal um, als er dem Jüngeren endlich Antwort gab. „Ja, die Kinder auch. Sie sind zum falschen Zeitpunkt gekommen.“ Wie Peter schon vermutet hatte, sprach er mit einem schweren deutschen Akzent.

„Wie bitte?“, fragte der Pastor. „Wollten Sie noch etwas?“ Er war offensichtlich über die Bemerkungen nur verwirrt. Peter konnte sich allerdings denken, was sie bedeuten sollten. Elise versuchte, ihr Fahrrad vorsichtig zurückzuziehen, doch der Deutsche hielt ihren Lenker fest. Ein Lächeln breitete sich auf seinem Gesicht aus, als er in seine Tasche griff und eine graue Pistole herausholte. Er richtete sie auf Pastor Kai.

„Ja“, sagte er, „ich will noch etwas. Ich will, dass Sie sich langsam von Ihrem Fahrrad entfernen und auf die andere Straßenseite hinübergehen.“ Er deutete mit seiner Pistole auf den Straßengraben.

Peter war beinahe zu Eis erstarrt. Pastor Kai schaute auf die Mündung der Pistole und dann zu Peter und Elise hinüber. Es gab nichts, was er tun konnte.

„Wenn ich bitten darf“, wiederholte der Mann. „Oder wollen wir uns hier den ganzen Abend lang die Pistole betrachten?“ Dann sah er Elise an, die vor Angst stocksteif dastand. „Und ihr zwei tut dasselbe.“

„Ich verstehe nicht“, protestierte der Pastor. „Ich weiß nicht, wer Sie sind oder was Sie eigentlich wollen, aber sicherlich sind die Kinder ...“

„Sie haben schon mehr gesehen, als junge Augen sehen sollten“, unterbrach ihn der Deutsche. „Das tut mir leid für sie.“

„Heinrich“, unterbrach ihn der andere Mann.

„Können wir sie nicht einfach gehen lassen? Vielleicht hat der Pastor Recht mit dem ..."

Der Deutsche ließ Elises Lenker los. Seine Augen fest auf den Pastor gerichtet, trat er einen Schritt beiseite. Sein eigenes Fahrrad fiel zu Boden. Dann griff er mit der freien Hand das Hemd des jüngeren Mannes und zog ihn herum, so dass er ihm ins Gesicht sehen konnte. „Was soll das, Hans? Weißt du, was du sagst? Was ist denn in dich gefahren? Möchtest du diesen Herrschaften etwa Gesellschaft leisten?"

Peter trat einen Schritt zurück. Bei diesem Deutschen hier hatte er das Gefühl, sich in der Gegenwart des Bösen zu befinden, des leibhaftigen Bösen. Er betete leise, ohne die Lippen zu bewegen: *Herr, ich habe Angst.* Peter zitterte. *Bitte hole uns hier weg! Weg von diesem Übel.* Für mehr hatte er keine Zeit.

Hans, der Däne, gab bei der Drohung von Heinrich nach. „Nein, nein", jammerte er. „Du hast natürlich Recht."

Peter schaute den jüngeren Mann an. Er tat ihm leid. Dieser Mann war ein „Sticker". So nannten die Dänen die Menschen, die mit den deutschen Besatzern zusammenarbeiteten. Diese Leute waren bei ihren Landsleuten natürlich verhasst. Aber Hass war es nicht, was Peter im Moment fühlte. Er dachte lediglich darüber nach, wie sie so schnell wie möglich von hier weg konnten. Mit einem Seitenblick auf Elise erkannte er, dass sie offensichtlich die gleichen Gedanken hatte.

Heinrich zog ein Taschentuch aus seiner Tasche und wischte sich über die Stirn. Trotzdem hielt er seine Waffe noch immer auf Pastor Kai gerichtet, der jetzt ganz von seinem Rad abgestiegen war.

„So ist es recht“, sagte Heinrich und lachte. „Sucht euch schon mal einen bequemen Platz im Graben.“ Er winkte sie mit der Pistole hinüber. Plötzlich gab er Pastor Kai einen Schubs, so dass dieser mit dem Gesicht voran in den Matsch am Straßenrand fiel.

Da zerbrach irgendetwas in Peter. Ohne groß nachzudenken sprang er vor, fasste nach dem Arm des Deutschen und versuchte verzweifelt, die Waffe zu ergreifen.

Der Mann, der das nicht erwartet hatte, schrie auf wie ein Tier und schlug nach Peter. Der krallte sich fest, trat um sich und schlug nach der Waffe. Offensichtlich versuchte er, den Mann aus dem Gleichgewicht zu bringen. Elise sprang ebenfalls vor und griff nach der Waffe. Alle drei kämpften nun miteinander.

Aber Heinrich war natürlich größer und stärker als die Zwillinge. Er fiel nicht, sondern wirbelte Peter herum und warf ihn in den Graben, wo er neben Pastor Kai liegen blieb. Mit der Pistole schlug er nach Elise und traf sie an der Schulter. Das Mädchen gab einen Schmerzenslaut von sich. Heinrich trat nach ihr. Elise fiel ebenfalls zu Boden, rollte einmal um sich selbst und lag dann auf dem Rücken neben Peter. Sie hatte Tränen in den Augen, aber sie gab keinen Laut mehr von sich.

Der Deutsche atmete schwer. Peter, Elise und

der Pastor schauten aus dem Graben zu ihm auf. Peter hatte den Eindruck, dass er noch wütender geworden war als vorher. Er wedelte erneut mit der Waffe in der Luft herum, als sei sie ein Spielzeug. Als er wieder zu Atem gekommen war, zog er seine Jacke zurecht und lächelte.

„So, kämpfen wollt ihr also. Na, von mir aus!", lachte er. Pastor Kai nahm Peter bei der Hand. Peter tastete nach Elises Finger. So lagen sie einige lange Minuten bewegungslos da, während Heinrich auf der Straße hin und her lief, mit der Pistole gestikulierte und die im Schlamm liegenden Dänen auf deutsch verspottete. Es war ein Alptraum. Peter versuchte, nicht hinzuhören.

Hans, der Sticker, hatte wortlos dabeigestanden und dem gesamten Geschehen zugesehen. Doch jetzt machte er sich plötzlich bemerkbar. „Heinrich, das reicht!" Die Stimme des Dänen hatte sich verändert, obwohl sie noch zitterte.

„Was soll das denn werden, Hans?", fragte der Deutsche. Das Lachen verschwand aus seinem Gesicht, er wurde wieder ernster. „Ich glaube, dass du ohnehin schon genug Schwierigkeiten hast."

„Nicht so große Schwierigkeiten wie du, wenn du nicht augenblicklich die Waffe fallen lässt", sagte Hans. Peter konnte nicht glauben, was er da hörte.

Der große Mann wollte sich umdrehen.

„Halt, Heinrich", warnte Hans. „Dreh dich nicht um! Ich bin auch bewaffnet!"

Heinrichs Gesicht lief vor Wut rot an. Offenbar überlegte er, was er jetzt tun sollte.

Dann hörten sie alle das Klicken von Hans' Pistole. „Ich mache keine Scherze, Heinrich." Hans' Stimme war noch lauter geworden. „Los jetzt! Lass deine Waffe fallen! Sofort!"

„Sei kein Narr, Hans", erwiderte der Deutsche. „Wenn mir etwas passiert, bist du nicht mehr lange am Leben. Aber noch können wir das hier alles vergessen. Ich meine ..."

„Halt deine Klappe! Das hier ist etwas anderes. Das hier sind ein Priester und zwei Kinder! Ich mag ja ein Sticker sein und euch Deutschen helfen, aber wenn es um Priester und Kinder geht, da mache ich nicht mit."

Es ertönte das knallende Geräusch eines Schusses. Hans hatte abgedrückt. Der Schuss ging über Heinrichs Schulter hinweg. Nun brauchte der Deutsche keine weitere Aufforderung mehr. Er ließ seine Pistole fallen.

„Stoß sie mit dem Fuß in den Graben!", befahl Hans. Heinrich gehorchte. „Los, Kinder! Priester!", fuhr Hans fort. „Steht auf und steigt auf eure Räder. Verschwindet von hier und vergesst alles. Macht schon!"

Pastor Kai zog Peter und Elise aus dem Schlamm hoch. Gemeinsam krochen sie aus dem Graben und gingen an Heinrich vorbei. Peter sah den Deutschen nicht an, konnte aber dessen wütende Blicke spüren. Als Peter Hans ins Gesicht schaute, sah er, dass der Mann unkontrolliert zitterte. Er zielte sogar mit der Pistole auf sie, als sie ihre Fahrräder hochnahmen.

„Beeil dich, Priester", rief Hans. „Ich weiß nicht,

warum ich das tue, aber ihr solltet verschwinden, bevor ich es mir anders überlege!“

Peter, Elise und der Pastor schauten nicht zurück und sprachen auch kein Wort, als sie weiter auf der Straße nach Oksby und der Blåvands Huk fuhren. Peter fiel ein, dass sie recht eigenartig aussehen mussten, so schlammbedeckt wie sie waren. Er wünschte sich fast, es würde wieder regnen, damit alles abgewaschen würde. Er zitterte bei dem Gedanken, was vermutlich hinter ihnen geschehen würde. Jeden Moment erwartete er einen Schuss. Einmal meinte er, ihn gehört zu haben, war sich aber nicht sicher.

Nach einer Weile unterbrach Pastor Kai das Schweigen. „Elise, ist deine Schulter in Ordnung?“

Elise nickte, aber Peter konnte erkennen, dass sie noch Schmerzen hatte. Sie weinte in sich hinein, und ihre Lippen zitterten.

„Sollen wir anhalten?“, fragte Peter.

Aber Elise schüttelte vehement den Kopf. „Nein. Das gibt bloß einen blauen Fleck. Wir müssen weg von hier!“

Peter verstand. Sie traten so schnell sie konnten in die Pedale.

Der Junge erkannte auf einmal, dass sie in ihrer Hast in die falsche Richtung gefahren waren. *Wahrscheinlich kennt Pastor Kai in Oksby Leute, wo wir unterkommen können,* dachte er.

„Ist euch eigentlich klar, was dort hinten passiert ist?“, fragte der Pastor. Peter nickte. Der Pastor fragte weiter. „Was ich wissen will: Warum um alles in der Welt kommt ihr zwei gerade jetzt diese Straße entlang, wo die beiden mich angehalten haben?"

„Also", begann Peter, „Ihre Frau ist vorhin zu uns gekommen ..."

Er erzählte dem Pastor von Frau Steffensens Besuch und der Warnung, die sie erhalten hatte.

„Ach du Schreck!", rief Pastor Kai aus. „Meine Frau ... und Jakob ... sind sie beide wohlauf?"

„Es geht ihnen gut", antwortete Peter. Er schlotterte noch vor Angst und befürchtete, jeden Augenblick weinen zu müssen. „Es ist alles gut ... aber Mikkel hat gesagt, dass Sie alle heute Abend noch weg müssen."

Der Pastor schüttelte den Kopf. „Ich habe ihm nicht geglaubt! Aber jetzt ..."

Sie näherten sich einigen Bauernhäusern, nicht weit entfernt vom Meer und der kleinen Ortschaft Oksby. Am anderen Ende des Ortes befand sich die Radarstation, wo die beiden Unteroffiziere arbeiteten. Sie waren jetzt natürlich nicht dort. Ein Glück. Denn wie Mikkel vermutete auch Peter, dass die beiden etwas mit Onkel Haralds Verhaftung zu tun hatten. *Am liebsten würde ich die zwei nie mehr wiedersehen!*

Aber es blieb ihm jetzt keine Zeit mehr, sich darüber Gedanken zu machen, denn in der Ferne war plötzlich das Geräusch eines Fahrzeuges zu hören. *Ein Bus oder ein Lastwagen.* Der Motor war ziemlich laut. Dann sah er das Fahrzeug. Es war ein Kleinbus. Er kam direkt auf sie zu. Die drei Radfahrer fuhren an den Straßenrand und ließen dem Fahrzeug dadurch genug Platz zum Überholen. Aber der Bus fuhr nicht vorbei, sondern kam mit quietschenden Bremsen zum Stehen.

Ein Mann lehnte sich aus dem Fenster.

„Steigt ein!“ schrie er.

Peter erkannte die Stimme. *Mikkel!*

Die drei erschöpften Radfahrer schoben ihre Räder heran und hoben sie zum Kleinbus hoch, während Mikkel sie von innen in das Fahrzeug hineinzog. Als die drei eingestiegen waren, sprang Frau Steffensen von ihrem Sitz auf und warf sich ihrem schlammbedeckten Mann in die Arme. Jakob hatte neben ihr gesessen. Er war ebenfalls aufgestanden und ergriff nun fest die Hand seines Vaters. Captain Whitbread lag auf dem Vordersitz. Er wurde durch Kissen gestützt.

„Also, Leute“, sagte Mikkel. „Haltet euch gut fest. Das wird bestimmt die verrückteste Busfahrt, die ihr je mitgemacht habt. Und wir sind noch nicht am Ziel.“

Peter und Elise setzten sich hinter Captain Whitbread. Mikkel kämpfte erneut mit dem riesigen Gangschaltungshebel. Das Getriebe gab ein fürchterlich knirschendes Geräusch von sich, und Mikkel murmelte nervös: „Komm schon, komm schon! Wo bist du bloß, du blöder Gang? Na also, warum nicht gleich so!“ Der Kleinbus holperte die Straße entlang. Sie fanden einen Platz, wo sie wenden konnten und fuhren wieder nach Oksby hinein. Peter konnte die salzige Meeresluft durch einen Spalt im vorderen Fenster riechen. Offensichtlich war es nicht mehr weit bis zum Strand.

Kurz bevor sie die Stadt verließen, bog Mikkel plötzlich abrupt in einen Weg ein. Nun fuhren sie mehrere Kilometer auf einem erdigen Weg voller Schlaglöcher. Aufgrund der großen Löcher und Spurrillen konnte Mikkel nur noch Schrittgeschwindigkeit fahren. Der Kleinbus schlingerte wild wie eine Achterbahn auf dem Rummel. Peter und Elise beugten sich vor und versuchten Captain Whitbread festzuhalten, damit er nicht hin- und hergeworfen wurde. Etwa dreißig Minuten dauerte diese Tortur, dann stoppte Mikkel den Kleinbus, machte den Motor aus und zog die Handbremse an. Schließlich drehte er sich zu seinen Fahrgästen um und sprach mit leiser, aber entschiedener Stimme.

„Hört mir jetzt alle gut zu. Wir sind am Skalling-Strand. Da vorne gibt es eine kleine Hütte, in der wir warten werden. Wir haben aber noch ein paar Minuten Zeit, also geht bitte alle hinein und seid still. Kein Licht! An diesem Strand haben die Deutschen nicht viele Minen vergraben, aber sie führen regelmäßig Patrouillengänge durch. Zu jeder vollen Stunde. Also vorsichtig! Ich muss das Ding hier wegstellen, werde aber gleich zurück sein."

Der Captain stieg zuerst aus. Elise half ihm die Stufen hinunter. Er war jedoch zu schwer für sie, und sie fielen beinahe zusammen hin. Pastor Kai fasste den Captain schnell an der anderen Schulter und stützte ihn.

„Moment, ich helfe euch", sagte er und legte

sich Captain Whitbreads Arm um seinen Hals. „Elise, nimm du seine rechte Seite.“ So halfen sie dem Piloten durch die Tür hinaus.

Peter war der Letzte. Er wollte gerade aussteigen, als Mikkel ihn am Arm packte.

„Ist alles in Ordnung, Peter? Du siehst aus, als ob du dich im Schlamm gewälzt hättest. Und dein Bein ...“ Er zeigte auf Peters Knie.

Peter zog scharf die Luft ein. Er hatte sein Knie völlig vergessen. Außerdem war jetzt nicht die richtige Zeit für Erklärungen. „Das ist eine lange Geschichte. Ich denke, im Moment ist alles in Ordnung.“

Elise kam von der kleinen Hütte zurückgelaufen, die hinter einer Sanddüne versteckt lag. Sie dachte offensichtlich nicht mehr an ihre Schulter, sondern wandte sich an Mikkel, der schon wieder auf dem Fahrersitz saß. „Was ist? Kommt ihr?“

„Ich nicht“, erwiderte Mikkel. Er zögerte kurz. „Es ist mir peinlich, aber ich werde noch einmal eure Hilfe brauchen. Glaubt mir, ich habe alles getan, um euch aus alledem hier herauszuhalten, aber es ist nicht so gelaufen, wie ich es geplant hatte. Durch den Besuch von Frau Steffensen und dadurch, dass Pastor Kai und seine Familie abtauchen müssen, ist alles durcheinander geraten.“

Peter sah ihn an. „Aber du machst doch diese ganzen Sachen für den Untergrund nicht alleine?“

„Nein, eigentlich nicht“, erwiderte Mikkel und schüttelte den Kopf. „Es sollte mir noch jemand helfen, aber ... deswegen brauche ich ja eure

Hilfe.“ Er zog eine lange schwarze Taschenlampe unter seinem Sitz hervor und warf einen kurzen Blick auf seine Armbanduhr. „Wir haben noch etwa zehn Minuten, bis die deutsche Patrouille vorbeikommt. Jede volle Stunde, denkt daran. Ich muss dieses Fahrzeug hier fortschaffen. Der Zeitpunkt für das Treffen ist zehn Uhr fünfundvierzig. Bleiben uns noch fünfundfünfzig Minuten.“

Peter fragte sich, woher sein Cousin so genau über die deutschen Patrouillen Bescheid wusste, aber er traute sich nicht zu fragen.

Mikkel drehte die Taschenlampe nervös in den Händen und fuhr mit seinen Anweisungen fort: „Hört genau zu. Ich werde den Bus wieder zum Ortsende von Oksby zurückfahren und dort abstellen. Jemand wird sich um das Fahrzeug kümmern. Ich werde mich so schnell wie möglich auf den Rückweg machen, aber ich weiß nicht, ob ich rechtzeitig wieder hier bin, wenn das Boot kommt.“

„Boot?“, fragte Peter.

Mikkel nickte. „Ein Schlauchboot. Du weißt schon, vom U-Boot. Sie werden ein Schlauchboot aussetzen, um den Captain zu holen. Sie wissen allerdings noch nicht, dass sie drei zusätzliche Passagiere haben.“

Elise verlagerte ihr Gewicht von einem Fuß auf den anderen und lehnte sich gegen die Wagentür. „Und was sollen wir machen?“

„Nichts ... hoffe ich“, erwiderte ihr Cousin. Mikkel fuhr sich mit den Händen durch die Haare und schaute zur Hütte hinüber. „Meine Güte, offensichtlich bin ich total verrückt. Captain Whitbread sollte das hier machen, aber er ist noch nicht auf der Höhe. Er schafft das noch nicht. Du kennst doch die Morsezeichen, nicht wahr, Peter?“

„Ja, schon“, gab Peter zu. „Ich kenne sie, aber ich bin ziemlich langsam.“

Elise meldete sich zu Wort. „Er kennt das ganze Morsealphabet, vorwärts und rückwärts. Letzten Sommer haben sein Freund Henrik und er nachts immer mit ihren Taschenlampen gemorst.“

„Das ist gut, aber ich hoffe, du wirst es nicht brauchen müssen“, sagte Mikkel. „Wie ich schon sagte, ich bin gleich wieder zurück. Aber wenn sie früher kommen ...“ Er reichte Peter die Taschenlampe „... dann wirst du die hier brauchen.“

Peter nahm die Lampe und drückte auf den Knopf, um sie zu testen. Das Licht schien Mikkel in die Augen.

„Keine Angst, sie funktioniert schon.“ Mikkel zeigte mit dem Finger auf Peter. „Benutze sie nur, wenn du ein Licht dort draußen aufblinken siehst.“ Er deutete in Richtung Meer. „Sie werden dreimal blinken: Einmal lang, noch einmal lang und einmal kurz. Das ist ein ‚D‘. Du weißt schon, ‚D‘ für Dagmar. Das ist unser Codename.“

Peter und auch Elise nickten.

„Dann“, fuhr Mikkel fort, „antworten wir entweder mit einem ‚C‘ für ‚COME‘, das englische Wort für ‚kommen‘ oder mit einem ‚N‘ für ‚No‘, ‚Nein‘. Das bedeutet, dass sie verschwinden sollen.“

„In Ordnung." Peter sprach es Mikkel nach: „Lang-kurz-lang-kurz für ‚C' oder lang-kurz für ‚N'."

Mikkel klopfte Peter leicht auf die Schulter. „Ich sehe schon, du kennst die Zeichen. Also gut, je schneller ich von hier wegkomme, desto schneller bin ich auch wieder zurück. Passt gut auf. Die anderen wissen, dass sie in der Hütte bleiben sollen. Haltet mir eines der Räder bereit."

Peter und Elise schoben die Räder auf den Kiesweg zur Hütte, während Mikkel den Kleinbus wendete und auf dem holprigen Weg in Richtung Oksby verschwand. Die Zwillinge versteckten die Räder in den Büschen, die neben der kleinen Strandhütte wuchsen. Obwohl die Sonne untergegangen war, konnte Peter immer noch die Umrisse erkennen. Es war ein typisches kleines Sommerhäuschen, wie es sie an den Stränden öfters gab. Jetzt waren sie natürlich alle wegen des Krieges verbarrikadiert. Durch einen Ritz in einem der Fensterläden drang ein schmaler Lichtstreifen nach draußen, ein Indiz dafür, dass jemand drin war. Elise schob sich leise durch die Tür, während Peter hinter ihr nach einer Möglichkeit suchte, den Eingang zu verriegeln.

„Dort an der Tür ist ein Riegel", flüsterte Pastor Kai. Er hielt eine kleine Kerze hoch. Neben ihm hockten Jakob und seine Frau. Captain Whitbread lag auf einer kleinen Couch. Es roch, als ob das Haus seit Jahren nicht mehr benutzt worden war.

„Es tut mir leid, dass ich euch jungen Leuten

so wenig behilflich sein kann", sagte der Captain. „Das hier ist eigentlich meine Sache, es liegt in meiner Verantwortung. Aber ich kann kaum den Kopf heben."

„Keine Sorge, Captain", antwortete Pastor Kai auf englisch.

Nach allem, was ihnen im Straßengraben passiert war, fand es Peter etwas eigenartig, dass der Pastor jemandem sagte, er solle sich nicht sorgen. „Ich kann mir nicht vorstellen, dass das für Sie ein angenehmer Aufenthalt war."

„Da haben Sie Recht", erwiderte der Captain. „Aber trotzdem, Sie sind alle sehr nett zu mir gewesen, und dafür bin ich dankbar."

Elise schaute vorsichtig zum Fenster hinaus und drehte sich dann zu den anderen um. „Mikkel hat gesagt, dass wir aufpassen sollen, falls das U-Boot früher kommt. Er muss den Bus wegschaffen." Sie sah sich in dem kleinen Raum um, der nur karg mit einem kleinen Tisch, zwei alten weißen Stühlen und der kleinen schmalen Couch, auf der Captain Whitbread lag, ausgestattet war. In der Ecke befand sich eine Spüle und ein rostiger alter Ofen. Ansonsten war die Hütte leer. Es sah so aus, als ob schon seit Jahren kein Mensch hier den Sommer verbracht hatte. Elise blickte zum Pastor hinüber, der noch immer die Kerze hielt. „Mikkel hat auch gesagt, dass jede volle Stunde eine deutsche Patrouille hier am Strand vorbeikommt. Vielleicht sollten wir besser die Kerze ausmachen, meinen Sie nicht auch?"

„Ach so", flüsterte Pastor Kai und blies schnell die Kerze aus. „Natürlich, du hast Recht."

Als sich Peters Augen an die Dunkelheit gewöhnt hatten, bemerkte er einen großen Spalt in den Läden der vorderen Fenster. Von dort konnte man bestimmt gut den Strand überblicken.

„Elise, sieh mal", sagte er leise. „Durch den Spalt dort können wir alles gut beobachten." Er zog den Kopf seiner Schwester zu sich herunter. „Wenn jemand dort draußen Lichtsignale gibt, kann ich schnell vor die Tür gehen und zurücksignalisieren."

„Pass aber auf, junger Mann", sagte Pastor Kai, „dass wir hier keinem unserer ‚Freunde' in die Arme laufen."

Elise suchte sich ein Plätzchen auf dem Fußboden, kauerte sich zusammen und sagte nichts mehr. Peter war froh, dass Pastor Kai bald von ganz anderen Dingen sprach, offensichtlich, um sie abzulenken.

„Elise, ist dir eigentlich zu unserem Gedicht noch etwas eingefallen? Ich würde es wirklich gerne für eine Predigt verwenden. Oder vielleicht in einem Buch."

Elise hatte sich gerade auf das Fenster zum Strand draußen konzentriert. Jetzt richtete sie sich auf. Peter meinte, dass um ihren Mund ein Lächeln spielte.

„Ja", flüsterte sie zurück. „Mir sind schon ein paar Dinge dazu eingefallen. Aber meinen Sie, dass das jetzt der richtige Augenblick dafür ist?"

„Ich sage es nur ungern", seufzte Frau Steffensen, die neben ihrem Mann saß und den Arm um ihn gelegt hatte, „aber das ist bestimmt für einige Zeit deine letzte Gelegenheit." Sie schien nervös zu sein, aber längst nicht mehr so aufgeregt wie vorher. Peter dachte sich, dass sie sicherlich erleichtert war, hier wenigstens mit ihrem Mann zusammen zu sein. Der kleine Jakob hatte sich an seine Mutter gekuschelt, hielt sich an ihrem Bein fest und gab keinen Muckser von sich.

„Na schön." Elise lehnte den Kopf an die Wand. „Ich habe noch deutlich in Erinnerung, woran sie gearbeitet haben. Also, was halten Sie davon:

‚Ich wartete geduldig den ganzen Frühling,
wissend, ihr Leben währt nicht lang.
Da erstand eine gefrorene blaue Blüte,
solch zartes Ding.'

Das ist der Teil, den Sie schon haben. Und jetzt:

‚Da erstand eine gefrorene blaue Blüte,
solch zartes Ding,
in ihrer Pracht erklang
des Himmels Lobgesang.'"

„Toll", kam es von Jakob. Das war das erste Wort, das er an diesem Abend bisher gesagt hatte. Seine angsterfüllten Augen schienen ein wenig ruhiger geworden zu sein. Elise lächelte.

„Des Himmels Lobgesang", wiederholte Pastor Kai die letzte Zeile. „Das gefällt mir sehr gut. Danke, Elise. Ich werde es mir merken."

Peter hörte seiner Schwester und dem Pastor zu. Die Situation kam ihm ziemlich seltsam vor. Hier saßen sie in der Dunkelheit und warteten auf ein U-Boot! Wahrscheinlich patrouillierten draußen deutsche Soldaten – und sie dichteten! Aber er musste zugeben, dass das Gedicht über die Hoffnung in diesem Augenblick sehr gut hierher passte. Im Moment brauchten sie alle Hoffnung, die sie bekommen konnten.

Dann widmete Peter sich der zusammengesunkenen Gestalt des Captains auf der Couch. Er rutschte ein Stück auf ihn zu und lauschte seinen Atemzügen.

„Wie geht es Ihnen, Captain?“, flüsterte Peter. Er konnte gerade noch erkennen, dass der Engländer mit geschlossenen Augen beinahe unmerklich nickte.

Er hat bestimmt furchtbare Kopfschmerzen, dachte der Junge. *Was kann ich bloß für ihn tun?* Dann blickte er noch einmal durch den Spalt in dem Fensterladen und versuchte die Dunkelheit zu durchdringen. *Das Beste, was ich für Captain Whitbread – ja für uns alle – tun kann, ist aufzupassen, ob das U-Boot kommt. Auf ein „D“ warten, dann ein „ C“ oder ein „N“ zurückmorsen.* Er ließ sich die Anweisung immer und immer wieder durch den Kopf gehen. *Auf ein „D“ warten und dann ...*

Was war das? Ein Licht? Peter war sich nicht sicher. Die Zeit war noch nicht gekommen. Aber vielleicht ...

„Elise, komm her!“ Er zog seine Schwester am Ärmel. „Ich glaube, ich habe etwas gesehen!“

Elise beugte sich zu Peter hinüber und blickte ihm über die Schulter und zum Fenster hinaus.

„Ich sehe nichts“, sagte sie. „Es ist doch auch

noch ein bisschen früh. Mikkel ist noch nicht zurück. Und außerdem müssen die deutschen Patrouillen jeden Moment am Strand auftauchen."

„Ja, aber ich meine, dass ich etwas gesehen habe." Sie starrten noch einen Moment in die Dunkelheit. Und plötzlich ... ja, da war es. Weit entfernt zwar, aber dennoch deutlich erkennbar. Ein Licht kam vom Wasser zu ihnen herüber.

Elise hatte es auch gesehen. „Lang, lang, kurz", sagte sie. Ihre Hand, mit der sie sich auf der Schulter ihres Bruders abstützte, verkrampfte sich. „Das sind sie! Sie sind eine halbe Stunde zu früh!"

Captain Whitbread richtete sich auf und versuchte aufzustehen, aber er schwankte nur und fiel beinahe von der Couch. Pastor Kai sprang hinzu, um ihn zu halten.

„Ich habe Sie, Captain", sagte der Pastor.

„Danke", erwiderte Captain Whitbread und versuchte sein Gleichgewicht zu halten. Sein Gesicht verzog sich vor Schmerz. „Mir wird es bestimmt besser gehen, wenn wir erst einmal von hier weg sind."

Peter stand auf und versuchte sich selbstsicher zu geben. „Gut. Ich gehe jetzt hinaus und gebe ihnen Zeichen."

Elise hielt ihn am Ärmel fest. „Peter, bist du sicher, dass das richtig ist?"

„Natürlich bin ich mir sicher. Ich pass schon auf! Durch die Wolken ist es draußen ziemlich dunkel. Was meinen Sie, Captain? Sie morsen im Augenblick."

Obwohl der Captain große Schmerzen hatte, versuchte er die Situation im Griff zu behalten. „Sieh mal, ob jemand am Strand ist", befahl er Peter. Es fiel ihm sichtbar schwer, die Augen offen zu halten, und er stützte sich schwer auf den Pastor. „Du darfst nur Signale geben, wenn wirklich niemand am Strand ist. Leuchte einmal mit der Taschenlampe zurück zur Hütte, wenn wir kommen können. Und es ist wichtig, dass die Deutschen schon vorbeigegangen sind! Hast du verstanden?"

„Ja, sicher", schluckte Peter in dem Wissen, dass sie sich alle auf ihn verlassen mussten.

So schlüpfte er zur Tür hinaus und schlich durch die Dünen zum Strand hinunter. *Mikkel hat doch gesagt, dass es hier keine Minen gibt, oder?* Peter lief es kalt den Rücken hinunter bei dem Gedanken, dass er auf eine Mine treten könnte. Aber er hatte auch nirgendwo Stacheldraht gesehen, also war dies unwahrscheinlich.

Der Mond hielt sich hinter einer Wolkenbank versteckt. Peter hatte sich in eine Vertiefung gehockt. Er blickte nervös den Strand entlang und versuchte zu erkennen, ob sich etwas bewegte. Doch er sah nur den weißen Schaum der sich am Strand brechenden Wellen. Ein Stück weiter die Küste hinunter konnte er das Licht des Leuchtturmes auf der Blåvands Huk ausmachen, ein freundliches Aufblitzen, das sich in einem bestimmten Rhythmus bemerkbar machte. Er atmete tief die salzige Luft ein. Alles schien jedoch in Ordnung zu sein.

Peter schaute in die andere Richtung. Dort sah

der Strand fast genauso aus – heller Sand, der sich allmählich in der Dunkelheit verlor. Seine Augen hatten sich an die Dunkelheit gewöhnt, aber viel sehen konnte er noch immer nicht. Zu dunkel. Er hätte gerne mit der Taschenlampe den Strand abgeleuchtet, aber das war natürlich eine dumme Idee.

Aus irgendeinem Grund hielt er inne, bevor er das „C", das „Komm"-Signal, morste. Es war bloß eine Ahnung, fast so, als ob er etwas in der Luft witterte. Peter schaute wieder nach rechts den Strand entlang. *Ist da jemand?*

Die beiden Soldaten und ihr Hund traten beinahe auf Peter, der sich da im Sand verborgen hielt. Er hörte sie noch, bevor er sie sah. Sie unterhielten sich recht laut. Einer von ihnen hatte offensichtlich einen Witz erzählt, denn der andere lachte und schlug seinem Gefährten auf den Rücken. Peter konnte nicht verstehen, was sie sagten. Er vergrub sein Gesicht im Sand und versuchte, sich so gut es ging unsichtbar zu machen. Jetzt war er über die Dunkelheit froh.

Peter bekam kaum Luft. Mit der freien Hand schob er den Sand unter seinem Gesicht zur Seite. *Was ist, wenn die Soldaten aufs Meer hinausschauen und das Licht sehen?* Er konnte nichts tun, lediglich sein Gesicht vergraben und beten. Das kam ihm jetzt viel natürlicher vor, das Beten. Als ob er sich mit jemandem unterhielt, den er kannte. Nun ja, er kannte denjenigen jetzt ja tatsächlich besser, zu dem er betete.

Peter verlor jegliches Zeitgefühl. Zehn Minuten vergingen oder mehr. Mikkel musste inzwischen in der Hütte angekommen sein. Wenn er nicht bald etwas unternahm, würden sie mit Sicherheit hinter ihm herkommen.

Die Soldaten waren wieder in der Dunkelheit verschwunden. Sie schienen sich ausgesprochen sicher zu fühlen, denn sie kümmerten sich nicht darum, was für einen Lärm sie machten. Der eine erzählte immer noch Witze, der andere lachte. Peter konnte das Lachen sogar noch aus der Ferne über dem Geräusch der brechenden Wellen hören.

Sie müssten jetzt eigentlich weit genug weg sein, dachte er.

In diesem Moment legte sich plötzlich eine starke Hand auf seine Schulter. Peter versteifte sich voller Angst.

„Pssst!", warnte ihn eine leise Stimme. Peter fuhr in der Dunkelheit herum. Er war sich nicht im Klaren, was er tun sollte, wenn er nun einen deutschen Soldaten vor sich sah.

„Was machst du hier draußen?", fragte die Stimme.

Mikkel! Es war Mikkel. Mit klopfendem Herzen ließ er sich rücklings wieder in den Sand fallen. „Mikkel! Ich habe schon gedacht ...

„Tut mir leid, Peter. Ich wollte dich nicht erschrecken. Deine Schwester hat sich Sorgen gemacht, weil du so lange weggeblieben bist. Ich bin gerade erst zurückgekommen. Also, was ist passiert?"

„Wir hatten ein blinkendes Licht gesehen. Ich habe mich versteckt. Gerade als ich dem U-Boot ein Signal geben wollte, tauchten die Deutschen auf. Sie sind fast auf mich getreten!“ Peter stand wieder auf und klopfte sich den Sand von den Kleidern.

„Hunde?“, fragte Mikkel besorgt.

„Ja. Sie hatten einen Hund.“

„Nun gut“, sagte Mikkel und übernahm wieder das Kommando. „Die Patrouille hat sich etwas verspätet, und das Boot ist etwas zu früh. Aber was soll’s? Jetzt wissen wir wenigstens, wo wir dran sind. Hast du ihnen Zeichen gegeben?“

„Dazu hatte ich keine Gelegenheit.“

„Na schön.“ Mikkel klopfte sich ebenfalls den Sand von den Knien. „Wenn die Patrouille vor etwa fünf Minuten hier vorbeigekommen ist, dann müssten sie jetzt bereits ein ganzes Stück entfernt sein. Komm, wir müssen uns beeilen, bevor sie zurückkommen. Gib dem Boot das „C‘-Signal.“

Peter versuchte sich zu erinnern, aus welcher Richtung die Lichtsignale gekommen waren. Er hielt die Lampe hoch und drückte den Knopf. Lang-kurz-lang-kurz.

Er wartete. Dann kam aus der Dunkelheit vom Meer her dasselbe Signal zurück.

„Sie haben uns gesehen!“

„Prima“, sagte Mikkel erleichtert. „Jetzt müssen wir schnell alle hier rausbringen, bevor die Deutschen wiederkommen.“

Sie liefen zur Hütte zurück. Elise öffnete die Tür einen kleinen Spalt, nachdem Peter geklopft hatte.

„Warum hat das denn so lange gedauert?“, fragte sie.

„Das kann er dir später erklären“, sagte Mikkel. „Deutsche Soldaten.“ Er wandte sich an den Pastor, seine Familie und den britischen Piloten, die wie Schatten aus der Dunkelheit heraustraten. „Wir müssen los. Wir gehen zum Strand hinunter und warten dort. Peter und Elise, ihr bleibt hier, bis ich wiederkomme.“

Sie schüttelten sich alle die Hände. Pastor Kai umarmte Peter und drückte ihn fest. Dann erinnerte sich Peter an etwas. „Pastor Kai, da ist noch etwas, das ich Ihnen sagen muss, bevor Sie gehen.“ In der Dunkelheit konnte er des Pastors Gesicht gerade noch erkennen. „Und dir auch, Jakob.“ Peter beugte sich zu dem kleinen Jungen hinab. „Weißt du noch, wie du mich gefragt hast, ob ich Jesus kenne?“

Jakob nickte. „Ja, das weiß ich noch.“

„Vielleicht kannst du dich auch daran erinnern, dass ich dir nicht geantwortet habe. Aber meine Schwester hat mich später dasselbe gefragt und mein Onkel – ich meine meinen anderen Onkel in Helsingør – der hat mich auch einmal gefragt. Und weißt du was, Jakob?“

„Was?“

„Ich habe mich entschieden, Jesus zu folgen!“

Sogar in der Dunkelheit meinte er, Jakobs Augen leuchten zu sehen.

„Siehst du, Papa?“ Jakob schaute aufgeregt zu seinem Vater auf. „Ich habe dir ja gesagt, der Peter tut es. Ich habe es ja gesagt. Man darf nur nicht aufhören zu beten.“

Pastor Kai nahm Peter noch einmal in die Arme. „Wir haben für dich gebetet, Peter“, sagte der

Pastor. „Besonders Jakob. Und wenn ein kleiner Junge betet, dann passiert auch etwas, weißt du!“

Peter wusste genau, was der Pastor meinte. Er nickte und lächelte.

„Es tut mir ja leid, euch zu unterbrechen“, sagte Mikkel, „aber ihr werdet das Boot verpassen, wenn wir nicht bald gehen. Die Briten warten nicht gerne, besonders dann, wenn eine deutsche Patrouille in der Nähe ist.“

„Ja, natürlich“, erwiderte der Pastor. Er hörte sich aufgeregt und dennoch sehr müde an. Dann umarmte Elise ihn und auch Frau Steffensen und Jakob.

„Wir kommen bestimmt bald zurück“, versicherte Frau Steffensen. „Sobald alles vorbei ist. Vergesst nicht, das auch eurer Tante Hanne zu sagen. Wir kommen bestimmt bald zurück.“ Zwei Tränen rannen ihr die Wangen hinunter und auch Peter und Elise mussten weinen. Schließlich drehte Peter sich um.

Captain Whitbread lehnte am Türrahmen. Er richtete sich nun auf und wandte sich an Peter und Elise. „Ich werde euch für eure Hilfe immer dankbar sein“, sagte er. „Vielen Dank für die Lektionen in Dänisch, Elise. Immer, wenn ich Brot esse, werde ich auch an eure schreckliche Sprache denken.“ Er lachte leise, doch dann versteifte er sich gleich wieder. „Ich werde euren Onkel Harald in meine Gebete einschließen. Es tut mir so leid.“

„Kommt schon“, drängte Mikkel. „Peter, ich bin schätzungsweise in einer halben Stunde zurück.

Vielleicht dauert es auch eine ganze, aber das hoffe ich nicht. Kommt darauf an, wie schnell das Boot kommt. Lasst das Licht aus! Wenn ich zurück bin, übernachten wir einfach hier in der Hütte und gehen morgen früh nach Hause. Alles klar?“

„Alles klar“, versicherte Peter und wischte sich mit dem Ärmel über die Nase.

Dann war nur noch das Geräusch der Wellen am Strand zu hören. Die anderen waren in der Dunkelheit verschwunden.

12. Knapp entkommen

Das Warten ist das Schlimmste, dachte Peter, als er und Elise in der Dunkelheit des Strandhauses hockten. Sie hörten nur das Rauschen der Wellen, obwohl sie ihre Ohren spitzten und auch andere Geräusche erwarteten. Vielleicht das Bellen eines Hundes oder das Lachen eines Soldaten. Aber da war nur das Brechen der Wellen, der leise Donner der Meeresbrandung und das Zischen, das durch das Zurückströmen des Wassers entstand. Normalerweise liebte Peter diese Geräusche, aber heute Nacht beunruhigten sie ihn.

„Was meinst du, sind sie schon weg?“ Peter flüsterte, denn er hatte Angst, lauter zu sprechen. „Sie sind bestimmt schon eine halbe Stunde von der Hütte weg.“

„Zehn Minuten“, erwiderte Elise. „Es sind erst zehn Minuten vergangen.“

„Zehn? Nicht mehr?“

„Nein, nicht mehr.“ Sie hielt ihre Armbanduhr an den Spalt im Fensterladen, doch trotzdem konnte nur sie Ziffern und Zeiger erkennen. „Das Boot müsste jetzt da sein und ...“

„Und nimmt sie mit nach England“, beendete Peter den Satz. „Dann müsste Mikkel gleich wieder hier sein?“

Wie als Antwort auf seine Frage ertönte in diesem Augenblick ein klapperndes Geräusch. Jemand drehte am Türknauf.

„Moment!“, rief Peter und sprang auf, um die Tür zu öffnen.

Aber noch bevor er das Zimmer durchquert hatte, wurde die Tür kraftvoll aufgestoßen, und Peter starrte direkt in das helle Licht einer Taschenlampe.

„He!“, rief Peter überrascht.

Als Antwort ertönte ein tiefes Knurren, und ein Soldat stürzte in die Hütte. Er hielt ein Gewehr im Anschlag. Ihm folgte der dunkle Schatten eines großen Hundes.

„Auf den Boden!“, brüllte der Mann auf Deutsch. „Los, hinlegen! Runter!“ Peter sah in der Tür eine zweite Gestalt. Diese hatte ebenfalls ein Gewehr auf ihn gerichtet. Das war heute schon das zweite Mal, aber deswegen nicht weniger beängstigend. Peter schaute zu Elise hinüber, die auf einem der Stühle beim Tisch gesessen hatte, nun aber jedoch aufgesprungen war.

„Hört ihr schwer?“, schrie der erste Soldat wieder und fuchtelte mit seinem Gewehr in der Luft herum. Peter und Elise ließen sich rasch zu Boden fallen, wo sie zitternd und mit dem Gesicht nach unten liegen blieben. *Was machen wir jetzt?* fragte sich Peter. *Und was, wenn Mikkel zurückkommt?*

Der Soldat mit dem Hund durchsuchte die Hütte. Bereits nach einer Minute war er fertig.

„Leer“, sagte er zu seinem Kameraden. „Sieht aus, als wäre schon lange niemand hier gewesen.“

Darauf fing der Erste an zu lachen. Peter erkannte das Lachen. Er hatte es vorhin bereits am Strand gehört. Es war die gleiche Patrouille, die beinahe über ihn gefallen wäre.

„Da haben wir also nur ein paar Kinder aufgescheucht, Dietrich." Er stupste Peter mit der Stiefelspitze, allerdings nicht so fest, dass es weh tat. „Steh auf, Junge!"

Peter und Elise erhoben sich und blieben unsicher mitten im Raum stehen. Sie verschränkten ihre Arme und warteten darauf, was die Soldaten als Nächstes tun würden. Der Hund schnüffelte um sie herum, wollte aber offensichtlich lieber nach draußen. Der Soldat, der Dietrich genannt worden war, hielt ihn jedoch fest an der Leine. Der andere Soldat hing sich sein Gewehr über die Schulter, offensichtlich überzeugt davon, dass Peter und Elise keine Bedrohung waren.

Im Schein ihrer Taschenlampen konnte Peter erkennen, dass der Erste etwas älter war und der Zweite – Dietrich – ziemlich jung.

„Was macht ihr zwei hier?", fragte der Ältere. Peter hatte Angst, dem Mann ins Gesicht zu schauen. So sah er nur die graugrüne Uniform und die glänzenden Stiefel. Er verstand erst, was der Mann sagte, als der langsamer und in gebrochenem Dänisch seine Frage wiederholte. „Wo wohnt ihr?"

Elise fand als erste ihre Stimme wieder, während Peter noch keinen klaren Gedanken fassen konnte. Sie antwortete in einer Mischung aus Dänisch und den Worten, die sie in Deutsch kannte.

„Wir haben eine Radtour gemacht", sagte sie

mit hoher Stimme. „Wir besuchen unsere Tante und unseren Onkel. Sie wohnen auf einem Bauernhof in der Nähe von Ho."

Ist ja die Wahrheit. Zitternd hoffte Peter, dass den beiden Deutschen diese Auskunft genügen und sie verschwinden würden, bevor Mikkel ahnungslos zurückkam. Er nickte.

„Ja, ja und offensichtlich habt ihr auch noch eine schöne Schlammpfütze entdeckt", erwiderte der Soldat lächelnd. „Aber was tut ihr um diese Uhrzeit noch am Strand?" Die Stimme des Mannes war schon merklich ruhiger geworden. „Das ist wirklich kein Ort für Kinder. Vor allem nicht mitten in der Nacht."

„Na ja ... also ...?" Peter erkannte, dass seine Schwester ihr Bestes tat, um ruhig zu bleiben. „Wir ... wir wussten nicht, wie weit es ist. Wir sind doch fremd hier. Es ist spät geworden und nun ... wir dachten, wir könnten bis morgen früh hier bleiben. Hier wohnt ja niemand."

Das ist alles die Wahrheit, dachte Peter.

„Eure Verwandten wohnen in Ho?" fragte der Soldat. „Ich glaube, sie werden sich Sorgen machen, wenn ihr nicht nach Hause kommt." Er richtete sich auf. „Allerdings habt ihr Recht. Ihr solltet nicht in der Dunkelheit hier draußen rumfahren. Na gut, ihr kommt mit uns. Holt eure Fahrräder." Er stutzte, weil er nicht sicher war, ob sie ihn verstanden hatten. Dann hielt er sein Gewehr wie einen Fahrradlenker und winkte ihnen. Das war die Aufforderung, ihm zu folgen.

Sie hatten keine Wahl. Peter und Elise holten ihre Räder aus den Büschen, und sie folgten dem

Soldaten. Dietrich ging mit dem Hund als letzter hinter ihnen her. Peter hatte keine Ahnung, wo sie hingebracht werden sollten. *Wenn Mikkel kommt, wird er uns nicht finden.* Peter schaute verstohlen zum Strand hinüber. Für einen kurzen Moment meinte er einen Schatten zu bemerken, der sich hinter einer Sanddüne duckte.

Sie gingen zurück zur großen Straße und bogen nach rechts ab, in Richtung Oksby und weg vom Ringsted-Bauernhof.

Schließlich fasste Peter sich ein Herz. „Entschuldigung", sagte er, „aber wo bringen Sie uns hin?" Er benutzte das deutsche Wort für „wo" und hoffte, dass die Soldaten ihn verstehen würden.

Der Soldat blieb abrupt stehen. Im Licht von Dietrichs Taschenlampe sah Peter zum ersten Mal deutlich sein Gesicht. Er war ungefähr so alt wie ihr Vater, aber kleiner und schwerer. Er lachte, wurde aber gleich wieder ernst.

„Wisst ihr, ich habe zu Hause in Hamburg auch zwei Kinder", sagte er. Er drehte sich wieder um und ging weiter. „Söhne, Jungen." Er grinste und deutete auf Elise und Peter. „So etwa in eurem Alter, vielleicht ein wenig älter. Aber noch Kinder." Er schwieg einen Augenblick. „Wir bringen euch nach Hause. Nach Hause." Dabei deutete er die Straße hinunter. „Unser Wagen ist dort vorne."

Peter hatte das meiste von dem, was der Mann gesagt hatte, verstanden. Elise half ihm, die Lücken zu füllen. Es ging Peter durch den Kopf, wie eigenartig das alles doch war. Die Männer, vor denen sie sich versteckten, ihre Feinde, wollten sie nach Hause bringen!

Als sie sich Oksby näherten, sah Peter plötzlich den Kleinbus, den Mikkel am Straßenrand abgestellt hatte. Auch die Soldaten hatten das Fahrzeug bemerkt. Dietrich beäugte es argwöhnisch, als sie vorbeigingen. „Warum stellen die ihre Kiste nicht in die Garage, wo sie hingehört“, murmelte er.

Fünf Minuten später hatten sie den Ortsrand erreicht und gingen zu einem kleinen Bauernhof. Dort waren die deutschen Lastwagen und Autos geparkt. Es war augenscheinlich das deutsche Hauptquartier. Peter betete, dass sie nicht mit hineingehen müssten.

„Wartet hier“, sagte der ältere Deutsche und hielt die Hand hoch. Dann verschwand er im Gebäude, einem kleinen roten Ziegelhaus mit Ziegeldach. Vor dem Krieg hatte hier bestimmt eine Familie gewohnt. Licht ergoss sich aus der offenen Tür, und Peter und Elise hörten Stimmen. Als der Soldat wieder aus dem Haus kam, winkte er sie zu einem kleinen grauen Lastwagen hinüber. Sie nahmen auf der Ladefläche Platz, nachdem sie auch ihre Fahrräder hier abgelegt hatten. Der junge Soldat folgte ihnen, zusammen mit dem Hund. Peter rutschte so weit wie möglich von dem Tier weg.

„Ho?“, fragte der jüngere. Mehr Dänisch sprach Dietrich offenbar nicht, und Peter hatte keine Lust, bei ihm sein Deutsch auszuprobieren. Er nickte. *Hoffentlich versucht er nicht, sich mit uns zu unterhalten.* Peter sah zu Elise hinüber. Sie saß mit geschlossenen Augen neben ihrem Rad. Entweder schlief sie oder sie betete. Peter war sich nicht sicher, für was von beiden sie sich entschieden hatte.

„Wo ist der Bauernhof?", fragte der ältere Soldat. Er saß in der Führerkabine und schaute durch die rückwärtige Öffnung.

Ohne die Augen zu öffnen, rief Elise zurück: „Kurz hinter Ho. Rechts. Es ist der letzte Hof vor der Bucht."

Der Mann nickte und steuerte den Wagen in die Richtung des Ringsted-Hofes. In der Dunkelheit versuchte Peter, sein Fahrrad ruhig zu halten. Von den Abgasen wurde ihm beinahe schlecht. Trotzdem war er froh, zum Bauernhof zurückzukommen, wenn auch auf einem deutschen Armeelaster.

Und so fuhren sie weiter. Etwas später rief der Fahrer: „Ist es noch weit?"

Peter schaute über die hintere Klappe des Lastwagens und versuchte sich zu orientieren. Er erkannte einen Briefkasten.

„Gleich dort vorne", sagte Peter und zeigte in die Richtung. Aber sobald er die Worte gesagt hatte, kam er ins Grübeln. Was, wenn die Soldaten erkannten, auf welchem Bauernhof sie wohnten? Dass der Hof Onkel Harald gehörte, den die Deutschen verhaftet hatten? Bestimmt wusste er davon. Würde er sie ebenfalls verhaften und verhören?

Doch der Lastwagen fuhr weiter. Dann kamen sie zur Auffahrt des Ringsted-Hofes. Das Fahrzeug ruckte und stand still. Peter und Elise standen auf und schickten sich an, mit ihren Rädern abzusteigen. Einen Augenblick später standen sie bereits auf der Straße.

Der Deutsche, der ausgestiegen war und ihnen geholfen hatte, saß wieder im Wagen. Er lehnte sich aus dem Fenster. „Und bleibt vom Strand weg. Versprochen?“ Er schüttelte den Finger. „Ihr hättet auf eine Mine treten können. Oder jemand treffen können, der nicht so gutmütig ist wie ich.“ Er setzte ein breites Lächeln auf.

Peter konnte nichts erwidern. Er konnte sich nicht dazu überwinden, diesem Mann zu danken, dem Deutschen mit den zwei Söhnen. Männer in der gleichen Uniform hielten seine beiden Onkel gefangen. Männer in so einer Uniform hatten Menschen, die er kannte, gefangen genommen. Nein, Peter konnte nicht danke sagen. Er nickte nur. Der Lastwagen fuhr los und verschwand mit knirschendem Getriebe in der Dunkelheit.

Peter und Elise blieben einen langen Moment an der Auffahrt zum Ringsted-Hof stehen, beide mit ihren eigenen Gedanken beschäftigt. Es begann erneut zu regnen.

„Komm!“ Elise zog Peter am Ärmel. Sie schob ihr Rad die Auffahrt entlang. „Lass uns ins Haus gehen.“

Ein Tier kam angelaufen, um sie zu begrüßen. Peter wusste, ohne hinzuschauen, wer es war. Milky Way! Das Waisenlamm rieb sich an seinem Freund. Peter merkte, wie erschöpft er war. Er konnte sich kaum noch auf den Beinen halten.

„Tut mir leid, Kleiner“, flüsterte Peter und kraulte das Lamm am Kinn. „Im Moment habe ich leider kein Fläschchen für dich.“

13. Jenseits des Stroms

Mikkel kam am nächsten Morgen mit dem Fahrrad nach Hause. Er sagte aber kein Wort. Offenbar wollte er nicht darüber sprechen, was geschehen war.

Trotzdem bestürmte ihn Kurt nach dem Frühstück mit Fragen. „Komm schon, Mikkel, du kannst uns doch wenigstens sagen, ob alle gut weggekommen sind? Marianne und ich, wir haben über zwei Stunden in Oksby gewartet, und niemand ist gekommen!"

„Ich weiß, Kurt", brach Mikkel das Schweigen. Er konnte kaum die Augen offen halten und spielte mit seinem Essen. Peter fragte sich, ob sein Cousin überhaupt geschlafen hatte. „Ich bin euch ja auch dankbar für das, was ihr getan habt. Alle sind gut weggekommen."

„Das ist alles?" Kurt wollte sich damit nicht zufrieden geben. „Peter und Elise wurden von deutschen Soldaten nach Hause gebracht. In einem deutschen Lastwagen. Und du kommst heute Morgen wieder, sagst kein Wort, und das war's dann schon?"

Tante Hanne schlug mit der flachen Hand auf die Tischplatte. Ihre Augen blitzten. „Genau! Das war's! Mehr will ich davon nicht hören", erklärte sie mit zitternder Stimme. „Wir werden uns über diese Rettungsaktion nicht mehr unterhalten, auch nicht über nächtliche Ausflüge, über Flugzeuge, über britische Piloten, über U-Boote oder solche Sachen. Habt ihr mich verstanden? Euer Vater ist immer noch nicht zu Hause und ... und ..."

Mit einer hastigen Bewegung schob sie ihren Stuhl vom Tisch zurück und eilte aus dem Zimmer.

Alle saßen stocksteif da. Peter versuchte Mikkel und Kurt zu beobachten, ohne den Kopf in ihre Richtung zu wenden.

„Da seht ihr, was ihr angerichtet habt", sagte Marianne zu ihren Brüdern und sah sie böse an.

Kurt warf die Hände in die Luft. „Was hab ich denn jetzt schon wieder Schlimmes gesagt?"

„Du konntest mich ja nicht in Ruhe lassen, Kurt. Musstest immer noch weiterfragen." Mikkel starrte seinen jüngeren Bruder böse an. „Mutter hat Recht. Du solltest das Ganze einfach vergessen."

Kurts Augen blitzten. „Und was ist mit dir, Herr Untergrundkämpfer? Sie hat dich ebenfalls gemeint!"

„Werd' endlich erwachsen", schnappte Mikkel. „Mich hat sie nicht gemeint, das weißt du ganz genau. Aber warte nur, bis Vater wieder da ist."

Jetzt wurde es Marianne zu viel. Sie lief weinend aus dem Zimmer und folgte ihrer Mutter. Peter war das Thema ebenfalls auf den Magen geschlagen. Er sah zu Elise hinüber und signalisierte ihr mit dem Kopf, dass sie am besten auch aus dem Zimmer gehen sollten.

Kurt und Mikkel waren noch dabei, sich zu streiten. Peter wusste nicht, ob sie überhaupt bemerkt hatten, dass sie nun alleine im Zimmer saßen.

* * *

Und so ging es die nächsten Tage weiter. Kurt und Mikkel stritten sich, wenn auch nicht in Gegenwart ihrer Mutter. Da Onkel Harald nicht da war, mussten alle doppelt mit anpacken und helfen. Die beiden deutschen Unteroffiziere kamen spät am Sonntagabend aus dem Wochenende zurück, gingen aber am Montag bereits ziemlich früh wieder zu ihrer Arbeit auf der Radarstation. Peter und Elise halfen so gut sie konnten. Sie fütterten die Pferde, säuberten die Ställe, sammelten Eier ein und erledigten sogar die Wäsche. Es gab überall Arbeit genug. Peter hatte aber auch nichts dagegen. *Wenn mir nur etwas einfallen würde, dass Mikkel und Kurt nicht so viel streiten,* dachte er. *Dann wäre alles viel leichter.*

Onkel Harald war noch immer nicht zurück, und Tante Hanne wurde von Tag zu Tag schwächer. Sie war immer eine fröhliche Persönlichkeit, doch nun war ihr Elan verschwunden. An manchen Tagen ging sie früh zu Bett und verschloss die Tür hinter sich. Hin und wieder stand sie nicht einmal auf. Als Peter am Morgen des fünften Tages nach der Rettungsaktion nach ihr sah, lächelte sie müde aus ihrem Bett heraus. Peter hatte sie noch nie so krank und zerbrechlich gesehen.

„Ich habe gehört, dass die Züge wieder fahren“, sagte sie und zog die Decke bis zum Kinn. „Stimmt das?“

Peter sah sie verwundert an. Er hatte davon nichts gehört. Wenn die Züge wieder verkehrten, müssten Elise und er wieder nach Hause gehen. Obwohl sich die Dinge auf dem Ringsted-Hof dramatisch entwickelt hatten, war er davon ausgegangen, dass sie hier doch eine Hilfe waren und noch möglichst lange bleiben konnten.

„Mikkel hat es mir erzählt“, fuhr Tante Hanne fort.

Marianne war in der Küche und fummelte am Herd herum. „Willst du heute Morgen etwas essen, Mama?“, rief sie.

Tante Hanne starrte auf den Wandbehang, der an der dem Bett gegenüberliegenden Wand des Zimmers hing. Es war eine feine Stickerei, die ihre Mutter gemacht hatte. Die Morgensonne leuchtete ins Zimmer und ihre Augen folgten dem Schatten einer Schwalbe. Dann schaute sie zu Elise hinüber, die ebenfalls mit Peter ins Zimmer gekommen war.

„Entschuldige“, sagte Tante Hanne. „Was hast du gesagt?“ – „Ach, das war ich nicht. Marianne wollte wissen, ob du Frühstück möchtest. Du ... du hast in letzter Zeit nicht sehr viel gegessen, Tante Hanne.“

„Nein, da hast du Recht.“ Sie verstummte. Peter hatte das Gefühl, dass er über ihrem Bett eine graue Wolke der Verzweiflung hängen sehen konnte. Noch nie hatte er jemanden so deprimiert gesehen. Es machte ihm Angst.

Ein paar Minuten lang sagte niemand etwas. Peter starrte aus dem Fenster und ließ die letzte Woche noch einmal an sich vorüberziehen. Wenn sie schon so bald wieder nach Helsingør zurückmussten, dann nicht unter diesen Umständen. Nicht, solange alle gefangen, deprimiert oder streitlustig waren. Er zog an der Gardine und drehte sich um.

„Jetzt habe ich genug, Tante Hanne“, erklärte Peter. Er war von der Festigkeit seiner eigenen Stimme überrascht. „Ich werde herausfinden, was eigentlich los ist. Ich halte es nicht länger aus.“

„Was meinst du?“, fragte Elise. Sie ließ beinahe das Tablett mit dem Frühstück ihrer Tante fallen.

„Ich rede von Onkel Harald.“ Peter wusste jetzt genau, was er sagen wollte. „Ich weiß nicht wie, aber ich muss etwas über ihn herausfinden. Mikkel weiß nichts. Wir wissen nichts. Alle drehen langsam durch. Also muss ich etwas in Erfahrung bringen. Das meine ich.“ Peter war wütend. Nicht auf seine Schwester, sondern auf die ganze unklare Situation. „Und wenn ich etwas über Onkel Harald erfahren habe, und wir dann wieder in Helsingør sind, werde ich in Erfahrung bringen, was mit Onkel Morten ist.“

„Peter“, warnte Elise und setzte das Tablett ab. „Du kannst doch nicht einfach auf den nächstbesten deutschen Soldaten zugehen und fragen, was mit Onkel Harald ist.“

„Das weiß ich.“ Jetzt hatte er einen Plan gefasst. „Ich gehe zum Hauptquartier der Deutschen nach Oksby. Weißt du, von wo sie uns hierher gefahren haben. Dort werde ich bestimmt etwas erfahren. Ich gehe einfach dorthin. Wir haben ja gebetet und gebetet, und ich glaube ...“

„Du machst doch Witze!“, protestierte seine Schwester wieder.

„Überhaupt nicht“, beharrte Peter. Er schaute zu seiner Tante hinüber, die ihn mit offenem Mund anstarrte.

„Schau her, Tante Hanne.“ Peter ging zum Bett hinüber. „Weißt du noch, wie du uns von Josua erzählt hast? Er blieb doch auch bei seinem Standpunkt, nicht wahr? Er hat nicht irgendwie gesagt: ‚Ich weiß nicht, was ihr tut, aber ...‘“ Peter wusste zwar, was er sagen wollte, aber es kam nicht so heraus, wie er es meinte. Er wollte natürlich nicht vorschlagen, dass sie sich mit der gesamten deutschen Armee anlegen sollten. Er wollte lediglich etwas für Onkel Harald tun und nicht nur deprimiert im Haus herumsitzen.

„Aber ich und mein Haus“, zitierte Tante Hanne, „wir wollen dem Herrn dienen.“ Plötzlich warf sie die Bettdecke zurück, schwang die Füße aus dem Bett und stand auf. Etwas war in ihr erwacht. „Dein Bruder hat Recht, Elise“, sagte sie langsam. Sie wirkte, als wäre der alte Schwung zurückgekehrt. „Das ist zwar völlig verrückt, ganz und gar verrückt. Aber noch verrückter ist es, hier im Bett zu liegen, zu heulen und sich selbst zu bemitleiden.“

„Mama?“ Marianne schaute zur Tür herein. „Möchtest du noch etwas Ei?“

„Nein!“, schrie Tante Hanne. Marianne trat erschrocken einen Schritt zurück.

„Peter wird nicht alleine nach Oksby gehen“, fuhr Tante Hanne fort. „Ich komme mit. Und wenn noch jemand mitgehen möchte, ist mir das recht. Wir werden schon herausfinden, was die Deutschen mit meinem Mann gemacht haben.“ Sie klopfte Peter auf den Rücken. Zum ersten Mal seit Tagen lächelte sie. „Ich weiß nicht, warum wir das nicht schon viel früher gemacht haben, Peter. So, und jetzt geht hinaus, damit ich mich anziehen kann. Ich komme dann gleich."

Voller Selbstvertrauen führte Tante Hanne wenig später ihre kleine Truppe aus dem Haus. Es waren Peter, Elise, Marianne und Kurt. Mikkel war irgendwo auf dem Gelände und reparierte einen Zaun.

Armer Kurt, dachte Peter, als sie zur Tür hinausgingen. *Er weiß überhaupt nicht, was in seine Mutter gefahren ist.* Kurt war einfach vor vollendete Tatsachen gestellt worden, als er von seiner morgendlichen Arbeit zurückgekommen war.

„Was ist hier eigentlich los?", flüsterte Kurt. Sein Gesicht war ein einziges Fragezeichen.

Während sie ihre Räder aus der Scheune holten, erzählte Peter ihm schnell, was geschehen war.

„Und was genau wollen wir in Oksby machen, Mama?", fragte Kurt.

„Das weiß ich auch noch nicht genau", erwiderte seine Mutter. „Wir werden auf der Fahrt darüber nachdenken. Aber nun wollen wir erst einmal losfahren."

Die Fahrt nach Oksby dauerte eine Dreiviertelstunde. Es war dieselbe Strecke, die Peter und Elise gefahren waren, als sie Pastor Kai gesucht hatten.

Sie kamen an dem Strandweg vorbei, der zu dem Haus in den Dünen führte. Peter sah sich nach Elise um. Sie nickte. Auch sie erinnerte sich an den Weg.

Dann erreichten sie das kleine Haus, das den Deutschen als Hauptquartier diente. Sie erkannten es sofort. Es standen mehrere Armeelastwagen und ein schwarzes Auto mit Hakenkreuz-Flaggen an der vorderen Stoßstange davor. Das Auto schien dasselbe zu sein, das sie damals überholt hatte, als sie mit dem Pastor zusammen das Funkgerät transportiert hatten.

Tante Hanne holte tief Luft, stieg vom Rad und lehnte es sorgfältig gegen die Hauswand an der Eingangstür.

„Auf geht's“, sagte sie zu ihrer kleinen Schar. „Mal sehen, ob wir nicht herausfinden, was mit eurem Vater passiert ist.“

Sie betraten das ehemalige Wohnzimmer, das jetzt zum Hauptbüro der Deutschen umfunktioniert worden war. Aus verschiedenen anderen Zimmern waren Stimmen zu hören. Vermutlich fanden hier Besprechungen statt. Der junge Soldat, der hinter dem Schreibtisch saß, sah überrascht auf, als sich Tante Hanne vor ihm aufbaute. Die Kinder stellten sich in einer Reihe hinter sie.

Bevor der junge Soldat den Mund aufmachen konnte, ergriff sie das Wort. „Mein Name ist Hanne Ringsted. Ich möchte gerne wissen, was mit meinem Mann geschehen ist. Sie haben ihn vor etwa einer Woche mitgenommen, um ihn zu verhören. Er ist noch nicht freigelassen worden.“

Sie schlug die Arme übereinander und wartete auf eine Antwort.

Der junge Mann sah sie mit großen Augen an, schaute auf die jungen Leute und hob dann den Finger.

„Moment, Moment", sagte er auf deutsch. „Sprechen Sie deutsch?"

„Nein", antwortete Tante Hanne auf dänisch energisch. „Sie werden schon verstehen müssen, was ich auf dänisch sage."

Der Soldat schüttelte den Kopf, stand auf, schob seinen Stuhl zurück und verschwand im Flur. Peter schaute ihm nach. Er sah, dass der junge Mann mit einem anderen Soldaten in einer grauen Uniform sprach, dabei auf sie zeigte und mit den Schultern zuckte. Kurze Zeit später kamen die beiden zurück in das Büro. Der andere Soldat war wesentlich älter, bestimmt über fünfzig, und hatte graues Haar. Offensichtlich ein Offizier. Peter atmete erleichtert auf, denn sie hatten ihn noch nie vorher gesehen.

„Sie möchten sich nach ihrem Mann erkundigen?", fragte er Tante Hanne, wobei er seinen Blick über die Menschenansammlung im Büro schweifen ließ. Er sprach ein akzeptables Dänisch, obwohl Peter der Meinung war, dass sein Akzent es wie Deutsch klingen ließ.

„Richtig", erwiderte Tante Hanne. Er heißt Harald Ringsted. Ist er hier?"

„Ich weiß, wen Sie meinen." Der Offizier nickte. „Den Schafzüchter, nicht wahr? Ja, er war hier." Er schaute einen Stapel Papiere auf seinem Schreibtisch durch und blätterte in einem Notizbuch.

„War?"

„Ja. Er hat sich geweigert, unsere Fragen zu beantworten. Deshalb wurde er woanders hingebracht.“

Tante Hanne sah ihn an. „Es geht ihm also gut? Wo haben Sie ihn hingebracht? Wann kommt er frei?“

Jetzt verfiel der Offizier wieder ins Deutsche. „Ja, Frau Ringsted“, sagte er und winkte mit der Hand, als wolle er die Angelegenheit schnell beenden. Er ist ins Vestre-Gefängnis gebracht worden. Sobald er sich uns gegenüber als kooperativ erweist, wird er auch entlassen. Natürlich nur, wenn er sich nichts anderes hat zuschulden kommen lassen. Das ist alles, was ich Ihnen sagen kann.“ Dann wandte er sich an den jungen Soldaten. „Herr Unteroffizier, begleiten Sie diese Leute hinaus.“

Damit verschwand er.

Sie hatten keine Gelegenheit, noch etwas zu sagen. Als sie wieder auf ihren Fahrrädern saßen und nach Richtung Ringsted-Hof fuhren, blickte Peter zu seiner Tante hinüber. Sie war offensichtlich mit ihren Gedanken ganz woanders.

„Mama, wie spät ist es?“, fragte Kurt.

Tante Hanne schaute auf ihre schmale Armbanduhr. „Zehn, Kurt. Es ist zehn Uhr.“ Sie antwortete zwar, aber ihre Stimme klang abwesend.

„Wenigstens wissen wir nun, dass ihm nichts passiert ist“, sagte Peter. Er war sich nicht sicher, ob das jetzt die richtigen Worte waren.

Tante Hanne blickte zu ihrem Neffen hinüber und lächelte. „Ja, da hast du Recht. Jetzt können wir nur noch beten.“

Peter und Elise hatten schon die ganze Zeit für Onkel Harald gebetet, aber jetzt hatte Peter das Gefühl, dass sie sofort beten sollten. *Eigenartig,* wunderte er sich. *Es ist, als ob eine Alarmglocke klingelt.*

Peter blieb stehen. Die anderen blickten erstaunt zu ihm zurück.

„Tante Hanne!", rief Peter.

„Stimmt etwas nicht?", fragte seine Tante und trat die Bremse.

„Doch schon", antwortete ihr Neffe. „Aber wir müssen jetzt sofort für Onkel Harald beten. Ich weiß nicht genau warum, aber wir müssen es jetzt tun."

Tante Hanne sah ihn verwundert an, aber nur kurz. Dann wendete sie ihr Fahrrad. Die anderen folgten ihr.

„In Ordnung, Peter." Tante Hanne schaute sich auf der Straße um. Doch sie waren die Einzigen, die weit und breit zu sehen waren. „Würdest du für uns beten?"

Peter nickte. Die anderen hatten sich dazu gestellt, und alle beugten nun die Köpfe.

„Lieber Gott", begann Peter. Er war etwas unsicher, wie er fortfahren sollte, deshalb atmete er tief ein. „Bitte kümmere dich um Onkel Harald. Bitte lass ihn aus dem Gefängnis kommen. Und ... und ich bete auch für die Soldaten. Ich weiß nicht warum, aber trotzdem. Amen."

Als sie später wieder die Straße entlangfuhren, wusste Peter noch immer nicht, warum es so wichtig gewesen war, in jenem Augenblick anzuhalten und sofort zu beten. Aber er war von einem erwartungsvollen Gefühl erfüllt, ein wenig so wie am Tag vor Weihnachten.

Milky Way wartete an der Eingangstür auf sie, als sie schließlich zum Hof kamen. Peter ging hinein, um seine Flasche zu holen. Danach gingen die Kinder Mikkel suchen. Das kleine Lamm folgte Peter wie ein Schatten.

Sie fanden Mikkel am Rande des Waldes. Er ließ gerade einen Zaunpfahl in ein eben gegrabenes Loch hinab.

„Wo wart ihr denn?“, grunzte Mikkel und ließ den Pfahl fallen. „Ich bin ins Haus gegangen, und kein Mensch war da.“

„Wir sind nach Oksby gefahren, um zu erfahren, wann Papa wieder nach Hause kommt“, erwiderte Kurt lässig. Peter hoffte, dass sie bloß nicht wieder zu streiten anfangen würden.

Mikkels Kinnlade fiel herunter, er schnappte nach Luft, dann klappte er den Mund wieder zu. Peter fand, dass sein Cousin in diesem Augenblick große Ähnlichkeit mit Tante Hanne hatte. „Was habt ihr getan?“ Mikkel ließ den Pfahl los und schaute sie entgeistert an. „Macht ihr Witze? Wessen Idee war denn das?“

Alle schauten zu Peter. Der zuckte nur mit den Schultern. „Überwiegend Mamas“, gab Marianne zu. „Sie war großartig. Du hättest sie sehen sollen, als sie mit den Deutschen gesprochen hat. Aber Papa ist nicht mehr da.“

„Wo ist er dann?“ wollte Mikkel wissen. „Kopenhagen“, erklärte Kurt. „Sie haben ihn ins Vestre-Gefängnis gebracht.“

Sie waren einen Augenblick still und warteten darauf, was Mikkel dazu sagen würde.

„Woher weißt du denn, wo das Vestre-Gefängnis ist?", fragte Mikkel seinen Bruder.

„Ich bin ja nicht blöd", erwiderte Kurt. „Nicht wie ..." „Schon gut, schon gut", unterbrach Mikkel. Er stieß den Zaunpfahl noch einmal kräftig in das Loch und grunzte dabei. „Ich könnte Hilfe bei dem Zaun gebrauchen. Wie wär's, Peter?"

Peter dachte einen Augenblick nach, dann hatte er eine Idee.

„Nein", sagte er, schlug die Arme übereinander und stemmte die Beine weit auseinander. „Ich werde erst helfen, wenn ihr zwei aufhört, euch zu streiten." Er blieb mit überkreuzten Armen und grimmiger Miene stehen. „Nun?"

„Wer sagt denn, dass wir uns streiten?", fragte Kurt. Da schubste ihn Marianne in die Seite. „Ach, kommt schon", sagte sie. „Peter hat Recht. Die letzten Tage habt ihr euch nur gestritten. Ihr solltet euch die Hände schütteln und euch entschuldigen."

„Ja", stimmte Peter zu. „Gebt euch die Hände! Na los, macht schon!"

Mikkel blickte seinen Bruder an und begann zu grinsen. „Ach ja", sagte er dann langsam, „was ist, wenn es mir gar nicht leid tut?"

„Mikkel!" Kurt hob einen Lehmklumpen auf und tat so, als ob er ihn nach seinem Bruder werfen wollte. „Du hast dich wie der große Boss aufgeführt, seitdem Papa weg ist."

„Ach ja? Und du bist ein verwöhntes, verzogenes Gör." Diesmal stellte sich Peter zwischen die streitsüchtigen Brüder. „Sonst noch etwas?“ Er schaute einen nach dem anderen an.

„Wirklich, ich brauche eure Hilfe“, gab Mikkel zu. „Wenn ich Peters Hilfe nur auf diese Weise bekommen kann, Kurt, sollten wir uns lieber die Hand schütteln.“

„Hmmm.“ Kurt kratzte sich am Kinn. „Heißt das, dass wir uns nie wieder streiten dürfen?“

Mikkel schaute zu Peter hinüber und versuchte, nicht zu lachen. „Was meinst du, Peter? Wie lange?“

„Wenigstens eine Woche ohne Streit“, entschied Peter. „Nein, einen Monat. Einen Monat ohne Streitereien. Das gilt auch, wenn Elise und ich schon wieder in Helsingør sind. Abgemacht?“

Mikkel streckte die Hand aus. Kurt zögerte kurz, dann fasste er zu. Peter legte seine Hand darüber und Elise klatschte alle Hände durch.

„So!“ sagte Mikkel und schüttelte Kurts Hand übertrieben heftig. „Und jetzt, Marianne, gib dem Mann einen Spaten!“ Er zeigte auf Peter und dann auf das Werkzeug.

Sie arbeiteten den Rest des Vormittags an den Zäunen. Peter und Kurt wechselten sich beim Graben ab. Marianne hielt den Draht und Elise hämmerte. Immer wieder mussten sie die Schafe (besonders Milky Way) wegscheuchen, die versuchten, durch die offenen Zäune zu entkommen.

Um ein Uhr kam Tante Hanne mit großen belegten Broten, Äpfeln und einem Krug Wasser auf das Feld hinaus. „Das ist das Mindeste, das ich für solche Arbeiter tun kann“, sagte sie fröhlich. Seitdem sie in Oksby gewesen waren, schien eine Wandlung mit ihr vorgegangen zu sein. Sie war noch immer voller Sorge, aber eben mehr wie Tante Hanne. Sie sah ihren Söhnen einen Augenblick lang zu. Kurt hielt gerade eine Drahtrolle für Mikkel, der den Draht an einem Pfahl befestigte.

„Keine Streitereien heute?", fragte sie schließlich.

Die Jungen schauten sich an, und Kurt begann zu kichern. „Ich habe vergessen, worüber wir uns eigentlich gestritten haben", murmelte Mikkel und bückte sich.

Am späten Nachmittag hörten sie auf zu arbeiten. So, wie sie es immer gemacht hatten, als ihr Vater noch da war, gingen sie ins Haus, auch um die Nachrichten der BBC zu hören. Sie wuschen sich Arme und Gesicht und setzten sich an den Küchentisch. Onkel Haralds Platz blieb natürlich leer. Tante Hanne blickte kurz hinüber, bevor sie den Kopf zum Tischgebet beugte. Sie begannen ohne die beiden Unteroffiziere, die sich ausnahmsweise verspätet hatten.

Peter schaute zu Kurt und Marianne hinüber, die nur im Essen stocherten. Der Besuch im deutschen Hauptquartier in Oksby hatte sie eine Weile lang fröhlicher sein lassen, aber trotzdem war Vater ja noch immer nicht zu Hause. Peter musste wieder daran denken, dass sie morgen vielleicht schon mit dem Zug nach Hause müssten, ohne zu wissen, was mit Onkel Harald passiert war.

„Ich frage mich, wer der neue Pastor wird, jetzt,

wo Pastor Kai und seine Familie weg sind", meinte Marianne. Sie schob ihr Glas hin und her.

„Stimmt." Tante Hanne schnitt noch eine Scheibe Brot ab. „Darüber habe ich noch gar nicht nachgedacht. Bestimmt wird der Bischof jemanden schicken. Vielleicht wird auch der Pastor aus Vejle ein paar Wochen aushelfen, bis sie jemanden gefunden haben."

Kurt seufzte. „Das ist nicht dasselbe. Alle sind weg. Und jetzt müssen Peter und Elise auch noch gehen."

Mikkel hatte den Ellenbogen auf den Tisch gestützt und den Kopf hineingelegt, aber seine Mutter tadelte ihn heute noch nicht deswegen. Er schaute gerade zum Fenster hinaus, als er plötzlich seine Gabel auf den Boden fallen ließ und zur Tür rannte.

„Mikkel!", sagte seine Mutter. „Was in aller Welt machst du da? Sind die beiden deutschen Jungen endlich da?"

Mikkel sagte gar nichts. Er riss die Tür auf.

„Papa, Onkel Harald!", schrien sie alle auf einmal und drängten sich um den Mann, der in der Tür stand. Er begann zu lachen und umarmte so viele er konnte.

Als Tante Hanne ihn endlich losließ, dachte Peter bei sich, dass Onkel Harald sich kaum verändert hatte. Er sah nur sehr müde und schmutzig aus. Unter seinen Augen hatten sich graue Linien eingegraben, und seine Wangen waren eingefallen. Sein Haar war auch wirr durcheinander. Und außerdem zierte ein wahres Prachtexemplar von einem Veilchen sein Auge.

Onkel Harald betrat die Stube und machte es sich in seinem Lieblingssessel bequem.

„Vater." Mikkel zog sich einen Stuhl heran. „Wie bist du nach Hause gekommen? Man hat uns erzählt, du seist in Kopenhagen."

„Dort war ich heute Morgen auch noch", erklärte Onkel Harald. „Im Vestre-Gefängnis. Ich habe damit gerechnet, dass ich mich auf einen langen Besuch einrichten müsste, so wie sie mit mir gesprochen haben."

„Aber warum ..." begann Marianne.

„Warum ich jetzt hier bin?", beendete er ihre Frage. Er schüttelte den Kopf. „Das weiß ich selber nicht genau. Sie haben mich heute Morgen gerufen, so wie jeden Tag. Und der Wachsoldat hatte einen ganz komischen Gesichtsausdruck. Als ich mich gemeldet habe, hat er nur gesagt, dass ich heute Morgen entlassen werden soll. Und zwar sofort. Ich habe natürlich keine Fragen mehr gestellt. Sie haben mich zur Tür hinausbegleitet und mich in den nächsten Zug gesetzt. Und hier bin ich!" Er breitete die Arme aus.

„Wie viel Uhr?", fragte Elise. Ihr Gesichtsausdruck zeigte Peter, dass ihr ein Gedanke gekommen war. „Das Gehirn" arbeitete.

„Um wie viel Uhr sie mich entlassen haben?" Onkel Harald hatte nicht ganz verstanden.

„Ja. Um wie viel Uhr genau?"

„Ich weiß nicht", antwortete Onkel Harald. „Doch, warte. Es war zehn, nein, zehn Uhr fünfzehn." Er lachte ein wenig. „Ich habe ja auf die Uhr an der Wand geschaut, während ein Soldat zu verstehen versucht hat, was mit meinen Papieren nicht stimmt. Oder, besser gesagt, was daran richtig war. Er hat es bestimmt jetzt noch nicht verstanden."

„Zehn Uhr fünfzehn!", verkündete Elise mit ihrer „Aha"-Stimme. „Wisst ihr, was um diese Zeit noch passiert ist?"

Peter ließ sich den Morgen noch einmal durch den Kopf gehen. Die Fahrt zum Hauptquartier ...

Tante Hanne lächelte und nahm die Hand ihres Mannes. „Mein Lieber", erklärte sie, „zu dieser Zeit waren wir mit den Rädern unterwegs. Auf Peters Geheiß haben wir angehalten und für dich gebetet. Es musste sofort sein. Er hat darauf bestanden. Ich fand es etwas eigenartig, aber wir haben alle für dich gebetet und dafür, dass du wieder nach Hause kommst. Und es war offenbar genau der richtige Zeitpunkt!"

Onkel Harald starrte seine Frau einen Augenblick lang an. Er begriff nur langsam die Bedeutung dessen, was sie gesagt hatte. Doch dann breitete sich ein Lächeln über sein ganzes Gesicht aus. Auch Peter überlegte: Das Gebet heute Morgen ... und Onkel Harald heute Abend wieder zurück.

„Ach, Peter, Elise", sagte Onkel Harald plötzlich. „Ich muss euch noch etwas erzählen." Er war aufgeregt, aber trotzdem ernst. „Ich habe jemanden im Vestre-Gefängnis in Kopenhagen gesehen."

Peter hatte ein komisches Gefühl. Er schaute zu Elise hinüber, die den Kopf schüttelte.

„Morten. Der Bruder eures Vaters. Sie haben

ihn eines Tages den Flur entlanggeführt, als ich in die andere Richtung gebracht wurde. Er hat mich erkannt, das weiß ich, weil er mich richtig angeschaut hat. Aber wir konnten natürlich nicht miteinander reden."

„Ehrlich?", fragte Peter. „Wie sah er aus?"

„Ging es ihm gut? Konntest du das erkennen?", fügte Elise hinzu.

Onkel Harald räusperte sich. „Leider sah er nicht besonders gut aus. Er war ziemlich dünn. Aber er konnte gehen, und ich glaube, er hat mir sogar zugelächelt. Natürlich kenne ich ihn nicht so gut. Ich habe ihn das letzte Mal vor dem Krieg gesehen. An Weihnachten. Da wart ihr noch klein. Aber ich erinnere mich an seine blitzenden Augen. Er hält schon durch."

„Peter." Kurt legte seine Hand auf die Schulter seines Cousins. „Ich glaube, wir sollen weiter für ihn beten, so wie für Papa ..."

Peter schaute Kurt an und lächelte. Die Nachricht über Onkel Morten machte ihn froh und traurig zugleich. Onkel Morten war festgenommen worden, als sie den Juden geholfen hatten zu fliehen. *Er lebt noch,* dachte Peter. *Das ist die Hauptsache.*

Onkel Harald schaute Peter und Elise an. „Das war alles, was ich über Morten weiß."

„Ich finde, das ist eine gute Neuigkeit." Elise lächelte zögernd.

„Ja, Onkel Harald", stimmte Peter zu. „Das ist wirklich eine gute Nachricht."

„Aber, Vater", sagte Mikkel und setzte sich auf eine Sessellehne. „Ich meine, du musst es uns nicht erzählen, wenn du nicht willst ... aber wie ist es dir ergangen? Wie hast du durchgehalten?“

Onkel Harald lachte. Es hörte sich ziemlich eigenartig an. „Es war eigentlich ziemlich einfach.“ Er schaute Kurt an. „Immer wenn die Deutschen mich verhört haben, habe ich mein schönstes Molbo-Gesicht aufgesetzt und an dich und deine Witze gedacht.“ Onkel Harald zeigte ihnen ein völlig ausdrucksloses, leeres Gesicht. Alle mussten lachen. Ja, sie konnten wieder lachen!

„Aber sie haben dich trotzdem geschlagen“, sagte Tante Hanne und legte vorsichtig die Hand auf das blaue Auge ihres Mannes.

Onkel Harald zuckte zusammen.

„Vorsicht“, warnte er. Dann lächelte er wieder. „Ich glaube, dass sie sich schon gefragt haben, ob ich überhaupt meinen eigenen Namen kenne. So ähnlich wie der Engländer? Übrigens, Mikkel, ich nehme an, dass Captain Whitbread wieder in England ist?“

„Ja, Vater, er ist weg.“ Mikkel zog seinen Strumpf hoch und schaute zu Boden. „Wir werden dir alles erzählen, aber es ist eine lange Geschichte.“

„Ich verstehe.“ Onkel Harald nickte. Dann warf er einen Blick auf die Wanduhr und klopfte seinem ältesten Sohn auf den Rücken. „Also, Mikkel!“, rief er. „Warum machst du nicht das Radio an? Ist es nicht Zeit für BBC?“

Mikkel lächelte und eilte zum Radio, wo er an den Knöpfen drehte. „Klar, Vater! Aber wenn Unteroffizier Schneider und Wie-heisst-er-noch zurückkommen, müssen wir ausmachen."

„Sie haben sich heute zum ersten Mal seit langem verspätet", erklärte Tante Hanne. „Vielleicht wurden sie irgendwo aufgehalten ..."

Ein Knistern aus dem Radio unterbrach sie. Dann vernahmen sie die bekannte Anfangsmelodie. „Hier ist die BBC aus London", ertönte die Stimme der Moderators.

Sie hörten sich schweigend die Nachrichten an. Dann kam der Teil mit den persönlichen Botschaften. Peter spitzte die Ohren.

„Pst", sagte Mikkel. Aber sie waren ja sowieso still. Die Stimme wurde kurz leiser.

„Und wir möchten Dagmar von dem Piloten und dem Prediger Grüße ausrichten", sagte der Moderator.

„He!", sagte Peter und lehnte sich vor.

„Sie möchten denen danken, die ihnen weitergeholfen haben", fuhr die Stimme fort. „Der Prediger möchte außerdem seinem guten Freund etwas sagen: Willkommen in der Familie! Er freut sich, dass du es von jenseits des Stroms geschafft hast ..."

Elise wandte sich mit einem Lächeln an Peter: „Das war für dich bestimmt!", sagte sie.

Peter nickte lediglich.

„Von jenseits des Stroms?", fragte Kurt. „Was soll denn das heißen?" Wie immer war er der letzte, der verstand, was los war.

Peter konnte erkennen, dass Tante Hanne sehr wohl wusste, was gemeint war, denn sie schaute zu dem Wandbehang auf, den Peters Großmutter gestickt, aber nicht ganz fertiggestellt hatte. *„Wählt euch heute, wem ihr dienen wollt: den Göttern, denen eure Väter gedient haben jenseits des Stroms, oder den Göttern der Amoriter, in deren Land ihr wohnt. Ich aber und mein Haus wollen dem Herrn dienen“,* las er.

Tante Hanne zwinkerte Peter und Elise zu und stand auf. Sie ging zur Wand hinüber, streckte die Arme hoch und nahm den Behang ab. Sie reichte ihn Peter.

„Das ist für dich“, sagte sie. „Es wird dir helfen, dich an den Vers zu erinnern und daran, was er für uns bedeutet.“

Peter schaffte es, ein überraschtes „Danke“ auszusprechen. Er starrte auf die Stickerei in seinen Händen und überlegte, ob er noch mehr sagen sollte. Wie Mikkel erwähnt hatte, es war eine lange Geschichte. Und wie der Wandbehang war sie noch nicht fertig.